KB167493

존재하지 않는 기사

Il cavaliere inesistente

IL CAVALIERE INESISTENTE
by Italo Calvino

Copyright © 2002 by The Estate of Italo Calvino
All rights reserved.

Korean Translation Copyright © 1997, 2010 by Minumsa

Korean translation edition is published by arrangement with
The Estate of Italo Calvino c/o The Wylie Agency (UK) LTD.
through Shinwon Agency.

이 책의 한국어 판 저작권은 신원 에이전시를 통해
The Wylie Agency (UK) LTD.와 독점 계약한 (주)민음사에 있습니다.

저작권법에 의해 한국 내에서 보호를 받는 저작물이므로
무단 전재와 무단 복제를 금합니다.

세계문학전집 259

존재하지 않는 기사

Il cavaliere inesistente

이탈로 칼비노

이현경 옮김

민음사

차례

존재하지 않는 기사 7

1

파리의 붉은 성벽 아래 프랑스 군대가 정렬해 있었다. 카롤루스 대제가 용장들을 사열할 예정이었다. 용장들은 벌써 세 시간 넘게 그곳에서 황제를 기다렸다. 무더운 날이었다. 약간 흐리고 구름이 많이 낀 초여름 오후였다. 갑옷 속은 약한 불 위에 올려 놓은 냄비처럼 달아올랐다. 부동자세로 열을 지어 서 있는 기사 가운데는 벌써 의식을 잃은 사람도 있었고 꾸벅꾸벅 조는 사람도 있었지만 갑옷 덕택에 그들은 모두 똑같은 자세로 말안장 위에 꼿꼿이 앉아 있었다. 갑자기 나팔이 날카롭게 세 번 울렸다. 그러자 투구 장식 깃털들이 세찬 바람이 불어올 때처럼 바람 한 점 없는 허공에서 흔들렸다. 그리고 지금까지 들리던 성난 바다 울음소리가 일순간 사라져 버렸다. 그 음울한 소리는 말할 것도 없이, 투구에 덮인 전사들의 목에서 울려 나오는 코 고는 소리였다. 드디어 카롤루스 대제가 그들을 사열했다. 마침내 용장들은 수염을 가슴까지 기르고 보통 말보다 훨씬 더 커 보이는 말을 타고 안장 앞머리에 손을 얹은 카롤루스가 맨 끝에서부터 전진해 오는 것을 보았다. 그는 통치를 하고 전쟁을 하고, 전쟁을 하고 통치를 하며 전진, 전진한다. 지난번 전사들이 보았을 때보다 약간 더 늙은 것 같았다.

카롤루스는 장교들 앞을 지날 때마다 말을 세웠다. 그리고 몸을 돌려 장교의 아래위를 살펴보았다.

"자네 이름은 무언가, 프랑스의 용장?"

"브르타뉴의 솔로몬입니다, 폐하!"

장교는 큰 소리로 대답했고 투구를 들어 상기된 얼굴을 보였다. 그리고 다음과 같은 근황 몇 가지를 덧붙였다.

"기사 오천 명, 보병 삼천오백 명, 하인 천팔백 명, 전투는 오 년째입니다."

"브르타뉴인들과 함께 용감히 싸워라, 용장!"

카롤루스는 이렇게 말하더니, 따그닥―따그닥, 따그닥―따그닥, 다른 기병대의 대장 쪽으로 가 버렸다.

"자네 이름은 무언가, 프랑스의 용장?"

황제가 다시 물었다.

"빈의 올리버입니다, 폐하!"

용장은 투구 철망을 들어올리자마자 또박또박 이름을 말했다. 그리고 이렇게 덧붙였다.

"엄선된 기사 삼천 명과 부대원 칠천, 공격용 무기 스무 대를 갖추고 있습니다. 하느님과, 프랑스인들의 왕이신 카롤루스 폐하의 은총으로 이교도인 '잔인한 팔'을 무찔렀습니다."

"훌륭하다, 장한 빈인이여!"

카롤루스는 이렇게 말하고 계속 다른 장교들에게 일렀다.

"말들이 너무 말랐군. 여물을 충분히 주도록!"

그리고 그는 앞으로 나갔다.

"자네 이름은 무언가, 프랑스의 용장!"

그가 다시 말했는데 언제나 똑같이 '탁타―타타타이타
타―타타―타타타…….' 하고 박자를 맞췄다.

"몽펠리에의 베르나르입니다, 폐하! 브루나몬테와 갈리페르
노에서 승리했습니다."

"아름다운 도시 몽펠리에! 여인들의 아름다운 도시지!"

그리고 그는 수행원에게 말했다.

"이 용장의 진급을 고려해 보라."

황제는 용장들이 기뻐할 말만 했지만 그 말투는 오래전부터
언제나 똑같은 박자를 유지했다.

"내가 아는 문장(紋章)인데, 자네 이름은 무언가?"

황제는 방패에 새겨진 문장으로 기사들을 모두 구별할 수 있
어서 구태여 기사들이 이름을 말할 필요가 없었지만 이름을 밝
히고 얼굴을 보이는 게 관례였다. 혹시 사열을 받는 것보다 훨씬
더 좋은 일이 생긴 어떤 기사가 다른 사람에게 자기 갑옷을 입
혀 사열 장소에 보낼 수도 있기 때문에 그런 관례가 생겼는지도
모른다.

"아몬 공작의 아들, 도르도뉴의 알라르입니다……."

"힘을 내게, 알라르, 아버지가 뭐라고 했나."

그리고 그는 다른 쪽으로 가 버렸다. '탁타―타타타이타
타―타타―타타타.'

"마운트조이의 고드프리입니다! 전사자를 제외하고 기사 팔
천 명이 남았습니다"

투구의 장식 깃털들이 물결쳤다.

"덴마크에서 온 휴입니다! 바이에른의 나모입니다! 잉글랜드의 팔머린입니다!"

밤이 되었다. 이제 입 보호대와 눈 보호대로 덮인 얼굴들만으로는 누가 누구인지 전혀 구별할 수가 없었다. 어떤 말이 나오고 어떤 행동이 이어질지 이미 모두 예측할 수 있었다. 오랫동안 계속되어 온 이 전쟁에서는 모든 일이 다 그랬다. 규정에 따라 적들과 충돌하고 결투를 벌였기 때문에 내일 전투에서는 누가 승리를 하고 누가 패배할지, 누가 영웅이 되고 누가 겁쟁이가 될지 오늘 벌써 알 수 있었고, 또 누가 복부 부상을 당할 차례인지 위기를 모면할 차례인지 다 알고 있었다. 밤이면 철공들은 횃불 아래에서 언제나 같은 부분이 부서진 갑옷들을 망치로 두들기곤 했다.

"그런데 자네는?"

왕은 새하얀 갑옷을 입은 기사 앞에 당도했다. 검고 가는 선 하나가 갑옷 테두리에 쳐져 있었다. 그 나머지는 순백색이었는데 긁힌 상처 하나 없었으며 갑옷 이음새들은 모두 깨끗이 마무리되어 있었다. 그리고 동양산 닭 깃털인지 무엇인지 알 수는 없었지만 무지갯빛으로 변하는 깃털이 투구 위로 솟아 있었다. 방패 위에는 문장이 하나 그려져 있었는데 커다랗게 드리운 두 망토 자락 속에 그려진 그 문장 안에는 또 다른 망토 자락 두 개가 있었고 그 망토 가운데에는 아주 작은 문장이 또 있었다. 그리고 그 작은 문장 안에는 망토로 감싸인 더 작은 문장이 또 있었다. 점점 더 작아지는 그 그림 속에 망토는 계속 등장했는데 망토 하나 속에 또 다른 망토가 계속 펼쳐졌다. 그리고 그 망토 가운데에는 불분명하기는 하지만 분명 무엇인가가 있었다. 그림이 작아져서 제대로 알아볼 수가 없었다.

"거기 있는 자네, 어떻게 그렇게 깨끗할 수 있지……."

전쟁이 점점 더 길어지면서 병영에서 부딪히는 용장들의 청결 문제에 차츰 무감각해져 가던 카롤루스 황제가 말했다.

"저는……."

닫힌 투구 속에서 금속성 목소리가 흘러나왔다. 그 소리는 목구멍에서 울려 나오는 게 아니라 갑옷의 얇은 금속판 자체가 진동해서 울리는 것 같았고, 가볍게 울려 퍼지는 메아리 같기도 했다.

"셀림피아 치테리오레와 페즈의 기사, 코르벤트라츠와 수라의 구일디베르니 가문과 기타 가문 출신인 아질울포 에모 베르트란디노 입니다."

"아하."

카롤루스 대제의 입에서 이런 소리가 흘러나왔다. 앞으로 쑥 내민 아랫입술에서는 작은 나팔소리가 새어 나왔는데 마치 이렇게 말하는 것 같았다.

'기사들의 이름을 모두 다 기억해야 한다면 정말 끔찍할 거야.'

그러나 그는 곧 눈썹을 추켜올리며 상을 찌푸렸다.

"그런데 왜 투구를 들어 올려 자네 얼굴을 보여 주지 않는 건가?"

기사는 꼼짝도 하지 않았다. 그는 팔 보호대에 보기 좋게 연결된 철 장갑을 낀 오른손으로 말안장 앞 고리를 더 세게 움켜쥐었다. 그사이 방패를 쥔 다른 팔이 몸을 떨 때처럼 흔들렸다.

"이봐, 자네에게 이야기하고 있다, 용장! 왜 자네의 얼굴을 짐에게 보여 주지 않는 건가?"

카롤루스 대제가 고집스럽게 말했다.

"제가 존재하지 않기 때문입니다, 폐하."

투구 턱받이에서 분명한 목소리가 흘러나왔다.

"오, 이런! 우리 군대에는 이제 존재하지 않는 기사까지 있군. 어디 좀 보세."

황제가 소리쳤다.

아질울포는 잠시 머뭇거리는 듯하다가 천천히, 그러나 확실하게 손을 움직여 얼굴 보호대를 들어 올렸다. 무지갯빛 깃털이 달린 투구와 이어진 백색 갑옷 안에는 아무도 없었다.

"이런, 이런! 아무것도 보이지 않는군. 그런데 자네가 존재하지 않는다면 어떻게 군대 생활을 할 수 있나?"

카롤루스 대제가 말했다.

"의지의 힘으로 했습니다." 아질울포가 말했다.

"그리고 이 전쟁의 성스러운 동기에 대한 믿음이 있기 때문입니다."

"그래, 그래! 말 잘했네. 모든 사람들이 다 그런 자세라면 자신의 의무를 다할 수 있겠지. 존재하지 않는 사람으로 존재하니까 자네에겐 빈틈이 없군!"

아질울포는 줄 맨 끝에 서 있었다. 황제는 이제 사열을 끝냈다. 황제는 말머리를 돌려 자신의 천막을 향해 멀어져 갔다. 그는 이미 늙었기 때문에 복잡한 문제는 되도록 머릿속에서 밀어내려 했다.

'열을 해체'해도 된다는 나팔 신호음이 울려 퍼졌다. 보통 때처럼 말들이 사방으로 흩어지고, 커다란 숲을 이루었던 창들이 밀밭에 바람이 불 때같이 파동을 치며 아래로 내려갔다. 기사들은 말안장에서 내려 관절을 풀기 위해 다리를 움직이고 하인들은 고삐를 잡고 말들을 데려갔다. 용장들은 이런 혼란과 먼지에서 벗어나 색색깔 장식 깃털들을 흔들며 몇몇씩 무리를 지어 농담을 하기도 하고 허세도 부리고 여자와 명예에 대해 잡담도 하면서 꼼짝 않고 서 있던 몇 시간 동안의 긴장을 풀었다.

아질울포는 아무 무리에나 끼여 보려고 몇 걸음 걸었다. 그러다가 별다른 이유 없이 다른 무리 쪽으로 옮겨 갔다. 아무도 그에게 길을 비켜 주지 않았고 신경도 쓰지 않았다. 그는 대화에 끼어들지 못한 채 이 사람 저 사람 등 뒤에 엉거주춤 서 있었다. 그러다가 혼자 떨어져 나왔다. 어둠이 찾아들었다. 투구 꼭대기에 달린 무지갯빛 깃털들이 이제 모두 하나의 색깔로밖에 보이지 않았다. 하지만 하얀색 갑옷만은 그 풀밭에서 두드러져 보였다. 아질울포는 갑자기 옷을 다 벗은 것 같은 생각이 들어 팔을 꼬고 어깨를 움츠리는 시늉을 했다.

그러다가 다시 정신을 차리고 걸어갔다. 성큼성큼 마구간을 향했다. 마구간에 도착한 아질울포는 말들이 규정대로 관리되지 않는 것을 발견했다. 그래서 마부들에게 소리를 지르고 소년 마부들을 벌주었다. 그는 잡역 순번을 모두 확인하고, 할 일을 다시 할당하고, 그 일을 어떻게 해야 하는 건지 한 사람 한 사람에게 자세히 설명해 주었다. 그리고 자기 말을 잘 이해했는지 보려고 마부들에게 자기가 한 말을 그대로 해 보라고 했다. 그리고 동료 장교 용장들이 근무를 태만히 하는 게 보이기만 하면, 한밤중이라도 다른 장교들과 한가롭고 달콤한 대화를 나누는 그들을 하나하나 불러냈다. 그러고는 신중히, 그러나 정확하게 그들의 과실을 이야기했다. 그래서 어떤 장교는 어쩔 수 없이 당직을 서야 했고 다른 장교는 보초를 섰고 또 나머지는 순찰을 돌러 가야 했다. 아질울포의 말은 언제나 옳았기 때문에 용장들은 아질울포가 지적한 일을 피할 수 없었지만 불쾌감을 숨기지는 않았다. 셀림피아 치테리오레와 페츠의 기사이자 코르벤트라츠와 수라의 구일디베르니 가문과 기타 가문 출신인 아질울포 에모 베르트란디노는 분명, 모범적인 군인이었다. 그러나 모든 사람들은 그의 존재를 불쾌히 여겼다.

2

야영을 하는 군대의 밤은 별이 뜬 밤하늘처럼 질서정연했다. 당직자들, 보조 장교, 정찰병들만이 움직였다. 기독교 진영 전사들과 말들이 잠에 곯아떨어져 버렸기 때문에 전투 중인 군대의 끊임없는 소란이라든지 예기치 못한 일들이 미친 말처럼 튀어나오기도 하는 일상적인 사건이 이제 벌어지지 않았다. 한 줄로 선 말들은 가끔씩 한쪽 발로 땅을 파헤치며 짧게 울기도 했고 당나귀 울음소리를 내기도 했다. 갑옷을 벗고 서로 구별되는 개성적인 모습을 되찾은 기쁨에 젖어 있던 전사들은 벌써 코를 골며 잠이 들었다.

이교도 진영의 상황도 마찬가지였다. 똑같은 걸음걸이로 왔다 갔다 하는 보초들, 모래시계의 마지막 모래가 흘러 내려가는 것을 보고 교대병을 깨우러 가는 위병 장교, 야간 근무 시간을 이용해 약혼녀에게 편지를 쓰는 장교, 이교도 진영에서도 이런 광경이 똑같이 펼쳐졌다. 그리고 기독교 군대 정찰대들과 이교도 군대 정찰대들은 각각 자신들 진영의 전방 800미터 정도까지 는 정찰을 했지만 숲이 가까워지면 서로 방향을 돌려 오던 길로 되돌아가 버렸다. 숲을 사이에 두고 이편에는 기독교 진영 정찰 대가, 반대편에는 이교도 정찰대가 보초를 섰기 때문에 두 정찰 대가 맞닥뜨릴 일은 전혀 없었다.

정찰대들은 병영으로 되돌아가 이상이 없다고 보고하고 잠자 리에 들었다. 두 야영장 위에 달과 별만이 소리없이 떠 있었다. 군대에서처럼 단잠을 잘 수 있는 곳은 이 세상 그 어디에도 없 었다.

단 한 사람, 아질울포만은 이런 휴식을 즐길 수 없었다. 정확 하게 연결된 흰 갑옷 속에서 그는 기독교 진영에서 가장 잘 정리 되고 안락한 천막으로 손꼽히는 자기 천막에 몸을 눕혀 보며 계 속 생각했다. 하지만 그의 생각은 막 잠에 빠져들어 가는 사람 의 생각처럼 느긋하고 별 의미 없는 것이 아니라 언제나 분명하 고 정확했다. 그는 한쪽 팔꿈치를 짚고 몸을 일으켰다. 이미 윤 이 나게 잘 닦아 놓은 검을 다시 닦는다든지 갑옷 연결 부분에 기름을 바른다든지, 무슨 일이든 해야 할 것 같았다. 그러나 오 래 계속하지는 못했다. 그는 벌떡 일어나서 창과 방패를 들고 천 막 밖으로 나와 버렸다. 하얗게 드리운 그의 그림자가 야영장을 지나갔다. 둥근 천막에서는 잠든 사람들의 무거운 숨소리로 작 은 음악회라도 열린 것 같았다. 존재하는 사람들이 도대체 어떤 힘에 의해 눈을 감고 스스로의 의식을 놓아 버리고 시간의 진공 속으로 잠겨 들었다가 얼마 후 잠들기 전과 똑같이 깨어나서 삶 의 끈들을 다시 엮어 나가는 건지 아질울포는 도무지 이해할 수 가 없었다. 그래서 존재하는 사람들이 지닌 잠잘 수 있는 능력에 대한 아질울포의 질투는 마치 상상도 할 수 없는 무엇인가에 대한 질투처럼 막연했다. 천막 가장자리 여기저기 삐죽삐죽 튀어나온 맨발들과 하늘을 향해 쳐든 엄지발가락을 보고 그는 충격을 받았고 몹시 동요했다. 잠에 빠진 군대는 육체의 왕국이었다. 포도주 냄새와 전투에서 흘린 땀 냄새를 발산하며 아담의 노쇠한 육체들이 누워 있는 곳이었다. 한편 천막 입구에는 분해된 갑옷들이 놓여 있었는데 아침이면 하인과 노예들이 그 갑옷을 윤내고 제 모양대로 갖춰 놓을 것이다. 아질울포는 주의 깊게, 하지만 신경질적으로, 그리고 거만하게 걸어갔다. 사람들의 육체를 보면 아질울포는 거의 질투에 가까운 불쾌감을 맛보기도 했고 또 자존심과 오만한 우월성에 상처를 입은 것 같은 기분이 들기도 했다. 지금 여기에는 이름난 많은 동료들과 영광스러운 용장들이 있다. 그런데 그들은 무엇인가? 그들이 지닌 계급과 이름의 증인이며 그들이 치른 전투의 증인이며 능력과 가치의 증인인 갑옷이 이제 빈 껍질로, 빈 철조각으로 변해 여기 있다. 그리고 사람들은 저쪽에서 코를 골며 잠잔다. 그들의 얼굴은 베개에 짓눌렸고 벌어진 입에서는 침이 한 줄 흘러내린다. 아질울포는 그렇지 않다. 그를 조각으로 분리할 수도 없고 사지를 잘게 나눌 수도 없다. 그는 낮이나 밤, 그 어떤 순간에도, 이런저런 날 기독교 군대의 영광을 위해 이런저런 무훈을 세웠고 카롤루스 대제의 군대에서 이런저런 부대를 지휘했던 셀림피아 치테리오레와 페츠의 기사로, 코르벤트라츠와 수라의 구일디베르니 가문과 기타 가문 출신인 아질울포 에모 베르트란디노로 존재했다. 그는 전 진영을 통틀어 가장 아름답고 하얀 갑옷을 가졌는데 이 갑옷은 그에게서 분리될 수 없었다. 그리고 그는 훌륭하다고 자부하는 수많은 장교들 중에서도 뛰어난 장교였다. 아니 좀 더 정확히 말한다면 그 어떤 장교보다도 뛰어났다. 하지만 그는 한밤중에 우울하게 산책을 했다.

누군가의 목소리가 들렸다.

"장교 나리, 실례합니다. 그런데 언제 교대병이 도착할까요? 전 벌써 세 시간 전부터 여기서 보초를 섰는데요."

배탈이라도 난 듯 긴 창에 기대 서 있던 보초의 말이었다.

아질울포는 돌아보지도 않고 말했다.

"잘못 봤다. 난 보초 장교가 아니다."

그리고 그는 앞으로 걸어갔다.

"죄송합니다, 장교 나리. 저는 나리가 여기서 왔다 갔다 하시기에 그렇게 생각했습지요……."

아질울포는 군대에서 아주 작은 실수라도 발견하면 모든 일을 다 다시 검사했고 다른 사람의 실수나 태만함을 찾아내고 싶어 안달을 했으며 잘못된 것, 제자리에 있지 않은 것들을 보면 몹시 괴로웠다. 하지만 그 시간에 그런 검사를 하는 게 그의 임무는 아니었으므로 그의 행동 역시 어떻게 보면 자기 임무에서 벗어난, 다시 말해 규율을 어긴 것이라고도 할 수 있었다. 아질울포는 스스로를 억누르고 내일이면 몰두할 세세한 것들, 그러니까 창들을 보관하는 창 걸이나 건초들을 쌓아 두는 창고가 어떻게 정리되었는지 등에 자신의 관심을 제한하려고 애썼다. 하지만 그의 하얀 그림자는 언제나 위병 장교, 당직 장교 혹은 포도주 창고에서 전날 밤 남겨 놓은 포도주 병을 찾는 정찰대들 발치에 나타났다.

가끔씩 자신이 어떤 곳에 있다는 사실만으로 권위를 인정받는 사람처럼 행동해야 할 때, 혹은 그곳에 존재할 아무런 이유 없이 어떤 곳에 존재하기 때문에 뒷걸음질치거나 신중한 태도를 보이거나 마치 그곳에 없는 척해야 하는 사람처럼 행동해야 할 때 아질울포는 잠깐 불안해지곤 했다. 아질울포는 이런 불안감을 느끼며 생각에 잠겨 걸음을 멈추었다. 그는 어떤 식으로도 행동할 수가 없었다. 그는 자기가 다른 사람들을 성가시게 한다는 것을 느낄 수 있었다. 그런데 그는 무슨 짓을 해서든, 예를 들면 큰 소리로 명령하거나 분대장들처럼 욕을 하고 선술집에 모여 앉은 동료들처럼 다른 사람을 놀려 먹거나 욕지거리를 해 대면서라도 동료들과 친해지고 싶었다. 하지만 그는 수줍음을 가리기 위해 거만하게, 혹은 거만함을 가리기 위해 수줍게 잘 알아들을 수 없는 인사말 몇 마디를 중얼거리며 앞으로 걸어갔다. 그러면서도 여전히 동료들이 자기에게 말을 거는 것 같은 기분이 들어 재빨리 몸을 돌리며 말했다.

"뭐라고?"

하지만 곧 아무도 자기에게 말을 걸지 않았다는 것을 확인하고 도망치듯 그 자리를 떠났다.

그는 한적한 야영장 끝으로 가서 황량한 언덕 위로 올라갔다. 뚜렷하지 않은 작은 날개 모양 그림자들이 잠시도 한곳에 머무르지 않고 주변에서 소리 없이 움직였고 고요한 밤을 가르며 부드럽게 떠다녔다. 박쥐들이었다. 쥐라고도 새라고도 분명하게 말할 수 없는 박쥐들에게도 손으로 만져지는 분명한 어떤 것, 허공에 입을 딱 벌려 모기를 잡아먹을 수 있게 해 주는 어떤 것이 존재했다. 이와는 달리 갑옷으로만 존재하는 아질울포는 불어오는 바람과 여기저기 날아다니는 모기와 달빛을 가르며 걸어갔다. 막연하게 그의 내부에서 점점 커 가던 분노가 갑자기 터져 나왔다. 그는 칼집에서 칼을 뽑아 두 손으로 움켜쥐고서 낮게 날아다니는 박쥐들을 향해 있는 힘껏 휘둘렀다. 시작도 끝도 없이 계속 날아다니던 박쥐들이 공기의 움직임 때문에 곧 동요했다. 이제 아질울포는 더 이상 박쥐들을 찌르려고 애쓰지 않았다. 그의 칼은 점점 더 규칙적인 궤도에 따라 움직였고 그 큰 칼로 펜싱을 하듯, 펜싱 규정들을 따랐다. 그렇다. 아질울포는 다음 전투에 대비라도 하듯 훈련을 시작했다. 그리고 옆 찌르기, 방어, 견제 동작 등에 관한 이론 지식을 실제로 유감없이 과시했다.

그러다가 갑자기 동작을 멈추었다. 젊은이 하나가 언덕 저쪽 관목 뒤에서 나타나더니 그를 지켜보았다. 젊은이는 검 하나만을 들고 있었으며 가벼운 흉갑을 걸치고 있었다.

"오, 기사님!"

젊은이가 소리쳤다.

"방해했다면 죄송합니다! 전투를 위해 훈련하시는 거지요? 새벽 동이 트자마자 전투가 있기 때문이지요, 그렇지요? 저도 기사님과 함께 훈련을 해도 되겠습니까?"

그러고 청년은 잠깐 입을 다물었다.

"전 어제 병영에 도착했습니다……. 제게는 첫 전투입니다……. 모든 게 제가 예상했던 것과는 아주 다른데요……."

아질울포는 칼을 가슴 앞에서 꽉 쥐고 팔을 꼬고 방패로 몸을 완전히 가린 채 비스듬히 서 있었다.

"우발적 전투 상황에 대해 사령부에서 정한 규정들이 전투 시작 한 시간 전 장교와 부대에 전달될 것이다."

아질울포가 말했다.

젊은이는 돌진하다가 제지를 당한 것처럼 잠깐 동안 어쩔 줄 몰랐다. 하지만 조금 말을 더듬거리다가 다시 처음처럼 열심히 말하기 시작했다.

"제 말 좀 들어 보십시오. 전 지금 막 여기 도착했습니다……. 아버지의 원수를 갚기 위해서지요……. 제발 부탁입니다. 제게는 기사님 같은 어른들의 말씀이 필요합니다. 어떻게 하면 저 개 같은 이교도 아르갈리프 이소아르와 맞서 싸울 수 있는지요? 그래요, 바로 그놈입니다. 어떻게 하면 그놈의 갈비뼈를 창으로 부러뜨려 버릴 수 있지요? 그놈이 영웅이신 우리 아버지에게 했던 것과 똑같이 말이에요. 하느님께서 고인이 된 루시용의 제라르 후작에게 항상 은총을 내리시길!"

"아주 간단하다, 젊은이."

아질울포가 말했다. 이제 그의 목소리에도 어떤 열기 같은 것이 담겨 있었는데, 그것은 규정과 조직에 대해 정확히 알기 때문에 자기 능력을 과시하고, 아직 그런 것들에 대해 잘 모르는 다른 사람들을 당황스럽게 만드는 일을 즐기는 사람의 열기였다.

"결투 관리부, 복수 관리부, 그리고 명예 회복 관리부에 가서 자네가 요구하는 사항의 이유들을 분명히 밝히고 자문을 구하라. 그러면 좀 더 나은 상황에서 자네가 원하는 일을 실현할 수 있는 방법을 찾아 줄 것이다."

아버지의 이름을 듣고 깜짝 놀라 경의를 표해 주길 기대했던 젊은이는 그 말의 내용보다도 그 말투 때문에 모욕을 당한 것 같았다. 그래서 기사가 자기에게 했던 말들을 깊이 생각해 보려고 애썼지만 여전히 마음속으로는 그 말들을 부정했고 복수에 대한 열의도 전혀 사그라들지 않았다.

"그런데 기사님, 전 그런 관리 부서에 신경 쓰고 싶지 않습니다. 저를 좀 이해해 주십시오. 다만 저는 제게 전투를 할 만한 용기가 있는지, 한 명이 아닌 백여 명의 이교도들을 죽일 정도로 저 자신이 분노했는지, 연습을 많이 했으니까 무기를 노련하게 다룰 수 있을지 저 스스로에게 물어보고 있습니다, 아시겠어요? 제가 말씀드리는 것은, 어떻게 해야 할지 방향도 잡지 못했는데 격투가 벌어지면, 잘 모르겠어요⋯⋯. 만약 그 원수를 찾지 못하거나 그가 나를 피하면, 그런 경우 기사님은 어떻게 하실지 알고 싶어요, 말씀해 주세요. 전투 중 기사님만의 문제, 오로지 기사님 한 분에게만 해당하는 문제와 부딪혔을 때 어떻게 하시는지⋯⋯."

아질울포는 무미건조하게 대답했다.

"난 엄격하게 규율을 따른다. 자네도 그렇게 하라. 그러면 실수를 하지 않을 거다."

"용서하십시오."

젊은이는 이렇게 말하고 마치 얼어붙은 듯이 그 자리에 서 있었다.

"전 용장님과 검술 훈련을 좀 하고 싶었을 뿐입니다! 전 검술에는 자신이 있는데 가끔씩 이른 아침에는 근육들이 마비되어서 딱딱해지고 제대로 움직일 수 없는 경우가 생기기도 한답니다. 이해하시겠습니까? 기사님도 그런 경험이 있으세요?"

"없다."

아질울포가 이렇게 말하더니 어느새 등을 돌려 가 버렸다.

젊은이는 병영으로 돌아갔다. 몇 시인지는 모르지만 동이 터오고 있었다. 여러 천막들 가운데서 일찍부터 사람들이 움직이는 천막이 눈에 띄었다. 참모 본부는 전사들이 기상하기 전에 벌써 깨어 움직였다. 참모 본부와 중대 본부 천막 주변에서 타오르는 횃불들은 하늘에서 비추는 희미한 빛과 대조를 이루었다. 밤부터 떠돌던 소문대로 날이 밝으면 진짜 전투가 벌어질까? 신참 젊은이는 흥분했는데, 그가 기대했던 것, 그를 거기까지 오게 한 것과는 다른 흥분이었다. 좀 더 정확히 말하자면 이 흥분은 그가 손대는 모든 것이 공허하게 울리는 듯한 지금, 자기 발 아래 땅을 다시 확인하고자 하는 갈망과도 같았다.

젊은이는 벌써 반짝반짝 윤이 나는 갑옷을 입고 깃털 달린 둥근 투구를 쓰고 얼굴 보호대로 얼굴을 가린 용장들을 여럿 만났다. 젊은이는 그들을 돌아보면서 그들의 걸음걸이나 허리를 돌릴 때의 그 당당한 태도를 흉내 내고 싶었다. 가슴 보호대와 투구, 어깨 보호대가 마치 하나가 된 듯 움직였다. 이제 그는 여기, 무적의 용장들 틈에 있다. 손에 무기를 든 용장들과 나란히 전투를 하고 그들과 같은 용장이 될 준비를 마친 그가 여기 있다! 그런데 젊은이가 쫓아가던 두 사람은 말에 올라타는 대신 문서들이 잔뜩 널린 책상 앞에 가서 앉았다. 그들은 지위가 높은 사령관임이 분명했다. 젊은이는 그들에게 달려가서 자기 소개를 했다.

"저는 기사 후보생인 루시용의 랭보이며 고(故)제라르 후작의 아들입니다. 저는 세비야 성벽 아래에서 영웅적으로 전사하신 아버지의 원수를 갚기 위해 자원 입대했습니다."

두 사람은 깃털 꽂힌 투구에 손을 대더니 목에서 턱받이를 떼고 투구를 벗어 책상 위에 내려놓았다. 그러자 누런 두 대머리와 약간 축축해 보이는 피부의 얼굴, 그리고 가는 콧수염 몇 개가 투구 밑에서 모습을 보였다. 서기로 늙은 관리의 얼굴들이었다.

"루시용, 루시용."

그들은 침이 묻은 손가락으로 두루마리들을 훑어 내리며 말했다.

"그런데 자네는 어제 이미 등록하지 않았나? 무슨 일이지? 왜 자네 부대에 가 있지 않는 건가?"

"아무것도 아닙니다. 저도 잘 모르겠습니다. 지난밤엔 전투 생각 때문에 잠을 이룰 수가 없었습니다. 저는 제 아버지의 원수를 꼭 갚아야만 합니다. 아시겠어요? 전 아르갈리프 이소아르를 죽여야 하기 때문에 그 방법을 찾으려고……. 그렇습니다. 결투 관리부, 복수 관리부, 그리고 명예 회복 관리부는 어디 있습니까?"

"이 젊은이는 여기 온 지 얼마 되지도 않았는데 모르는 게 없군! 그런데 자네는 그런 부서를 어떻게 알지?"

"이름은 잘 모르겠는데 아주 하얀 갑옷을 입은 기사가 제게 말해 주었습니다."

"오! 이번에도 그 사람이군! 그 기사는 있지도 않은 코를 여기저기 들이민다니까!"

"뭐라고요? 코가 없다고요?"

"옴도 옮지 않는 걸 보면 분명 그래. 다른 사람에게 옴을 옮기지 않는 것만으로도 다행이야."

책상 앞에 앉아 있던 두 사람 가운데 한 사람이 말했다.

"왜 옴이 옮지 않습니까?"

"몸이 없는데 어디로 옴이 옮는단 말인가? 그 사람은 존재하지 않는 기사야……."

"하지만 어떻게 존재하지 않을 수 있습니까? 제가 그 기사를 보았어요! 그가 있었습니다."

"무엇을 보았단 말이지? 철조각일 뿐이야……. 그 기사는 존재 없이 존재하는 사람이야. 알겠나, 풋내기?"

청년 랭보는 겉모양이 그렇게 기만적일 수 있다고는 상상조차 할 수 없었다. 그는 병영에 도착한 순간부터 모든 것이 눈에 보이는 것과는 다르다는 사실을 알게 되었다.

"그러니까 카롤루스 대제의 군대에는 수많은 이름과 작위를 가진 데다가 용감한 전사이고 열성적인 장교이기도 한 기사가 실제로 존재할 필요도 없이 존재할 수 있단 말이군요!"

"진정해라! 카롤루스 대제의 군대에 예외가 있을 수 있다고 말한 사람은 아무도 없어. 우린 그저 우리 연대에는 이런저런 기사가 있다고 말했을 뿐이다. 일반적인 선에서 존재할 수 있는 것, 혹은 존재할 수 없는 것에 우린 전혀 흥미가 없다. 알겠나?"

랭보는 결투 관리부, 복수 관리부, 그리고 명예 회복 관리부의 천막으로 갔다. 이제 더 이상 갑옷들과 깃털 달린 투구에 속아 넘어가지 않았다. 랭보는 책상에 앉아 있는 갑옷이 먼지와 주름 투성이인 작고 늙은 남자들의 본 모습을 감춰 준다는 것을 알게 되었다. 그러나 아직 갑옷 안에 누군가 있는 것만도 천만다행이었다!

"그래서 자네가, 자네 아버지, 말하자면 루시용 후작의 복수를 하고 싶단 말이지! 그럼 볼까. 장군의 복수를 하기에 가장 좋은 방법은 소령 세 명을 죽이는 거다. 우리는 자네에게 손쉽게 제거할 수 있는 적 세 명을 배당해 줄 수 있다. 그러면 만족하겠지?"

"무슨 말씀인지 잘 모르겠습니다. 제가 죽이고자 하는 사람은 아르갈리프 이소아르입니다. 바로 그가 저의 자랑스러운 아버지를 죽였단 말입니다."

"그래, 그래, 잘 알았다. 하지만 자네도 알다시피 아르갈리프를 쓰러뜨리는 게 그렇게 간단한 일이 아니다……. 대장 네 명이면 되겠나? 오전 중으로 이교도 대장 네 명을 자네에게 틀림없이 배당해 주겠다. 장군 한 명에 대장 넷을 배당해 주었다고 생각해 봐. 자네 아버지는 겨우 여단 장군이었는데."

"전 이소아르를 찾아서 그놈을 죽여 버릴 겁니다. 제가 죽일 놈은 그놈, 오로지 그놈뿐이라고요!"

"자넨 전투도 하기 전에 감옥에 갇히겠어, 틀림없어! 말을 하기 전에 생각을 좀 하도록 해! 우리가 이소아르에게 복수하는 게 어렵다고 하는 데에는 다 그만한 이유가 있기 때문이야. 예를 들면 우리 폐하께서 지금 이소아르와 모종의 협상을 진행 중이라든지……."

그런데 그때까지 서류 더미 속에 고개를 숙이고 있던 관리 하나가 환호성을 지르며 벌떡 일어났다.

"모두 해결됐어! 모두 해결되었다고! 다 필요 없어! 복수는 무슨 복수, 필요 없는 짓이야. 얼마 전에 올리버가 자기 두 삼촌이 전투 중에 죽었다고 믿고서 이교도들에게 복수를 했지! 그런데 그 두 삼촌은 술에 취해 식탁 밑에서 곯아떨어져 있었던 거야! 우리는 실수로 저지른 삼촌들에 대한 그 복수를 해결해야 해, 아주 난처한 일이지. 그런데 이제 모든 게 다 해결되었어. 삼촌한 사람에 대한 복수 한 건을 아버지의 복수 반 건으로 계산하는 거지. 그러니까 서류상으로는 아버지에 대한 복수를 이미 한 거나 마찬가지야."

"오, 아버지!"

랭보가 분통을 터뜨렸다.

"왜 그러나?"

기상나팔이 울렸다. 희미하게 날이 밝아 오는 가운데 무장한 사람들이 병영에 떼 지어 모여들었다. 랭보는 서서히 분대와 중대의 열을 갖추어 가는 많은 사람들 틈에 섞이고 싶었지만 그의 눈에는 그 갑옷이 곤충 날개처럼 떨리고, 마른 껍질들처럼 부스럭거리는 것 같았다. 전사 대부분은 투구를 쓰고 허리 부근까지만 갑옷을 입고 있어서 엉덩이 보호대와 허리 보호대 밑으로는 바지를 입고 양말을 신은 다리가 나와 있었다. 넓적다리 보호대와 장딴지 보호대와 무릎 보호대는 안장에 오를 때 입으려고 준비해 놓았다. 강철 가슴 아래로 삐죽 나온 다리들은 귀뚜라미 다리처럼 가늘어 보였다. 눈도 없는 둥근 머리를 움직이며 이야기하는 모습이나 팔꿈치 보호대와 철 장갑에 싸인 팔을 구부리고 있는 모양이 영락없는 귀뚜라미나 개미였다. 분주한 그 모든 행동은 곤충들이 기어 다니는 것과 별로 달라 보이지 않았다. 랭보는 그들 속에서 무엇인가를 찾았다. 그가 만나고 싶어 하는 아질울포의 하얀 갑옷이었다. 아질울포의 겉모양이 이 군대의 그 누구보다 구체적이었기 때문에, 아니면 그가 만났던 사람들 중 가장 확실한 존재가 바로 이 존재하지 않는 기사였기 때문일 것이다.

랭보는 소나무 밑에서 아질울포를 찾아냈다. 아질울포는 땅바닥에 앉아 땅에 떨어진 작은 솔방울들을 일정한 모양으로 늘어놓아 이등변삼각형을 만드는 중이었다. 이렇게 동이 틀 무렵이면 아질울포는, 사물들을 세어 보고 기하학적인 형태로 배열하며 산술 문제를 푸는 등, 정확성을 훈련하는 일에 몰두할 필요를 느꼈다. 지금은 사물들이 한밤 내내 자신들을 따라다녔던 짙은 어둠에서 벗어나 차츰차츰 자기 색깔들을 찾기는 하지만 그와 동시에 주변에 무리를 만드는 어슴푸레한 빛을 받으며 불확실한 림보 같은 어둠을 가로지르기도 하는 그런 시간이었다. 그래서 사람들이 세상에 존재하는 것들을 별로 믿지 않는 시간이기도 했다. 아질울포, 그는 언제나 눈앞에 있는 사물들을 자신의 긴장된 의지와 대립되는 단단한 벽으로 느낄 필요가 있었다. 그리고 그렇게 할 때에만 그는 자기 자신을 분명하게 의식할 수 있었다. 그렇지 않고 만약 주위 세상이 불분명하고 애매모호하게 흩어져 버린다면 아질울포 역시 그 부드러운 어슴푸레함 속에 잠기는 기분이 들 것이고, 텅 빈 갑옷에서 분명한 생각이나 재빠른 결정, 고집을 더 이상 드러낼 수 없을 것이다. 그럴 때면 그는 몸이 좋지 않았다. 바로 정신을 잃을 것 같은 순간들이었다. 가끔씩 그는 분해되지 않기 위해 극단적인 노력을 기울여야 했다. 그럴 경우 그는 나뭇잎, 돌, 창, 솔방울같이 자기 앞에 있는 것이면 무엇이든 세기 시작했다. 아니면 그런 것들을 한 줄로 늘어놓거나 네모나 피라미드 형태로 배열했다. 그렇게 정확한 일에 몰두함으로써 그는 불쾌함을 극복하고 불만족스러움과 불안, 혼돈을 이겨내고 평상시의 명쾌함을 되찾을 수 있었다.

랭보는 그렇게 열심히 그리고 빠른 동작으로 솔방울을 직각삼각형으로 늘어놓고 그 변으로 다시 사각형을 만들고 이미 만들어진 사각형과 비교하며 삼각형의 짧은 변에 계속 고집스레 사각형으로 솔방울을 놓는 아질울포를 보았다. 랭보는 여기 있는 모든 것이 의례적이고 관습적이며 형식적으로 움직인다는 것을 깨달았다. 그러면 그 이면에는 무엇이 있는 것일까? 랭보는 자신이 놀이의 모든 규칙 밖에 있다는 것을 알고 말로 표현할 수 없이 당혹스러웠다……. 하지만 돌아가신 아버지의 원수를 갚겠다는 그의 바람도, 카롤루스 대제의 전사들과 함께 싸우기 위해 자원 입대한 그 열의도 기사인 아질울포가 솔방울을 들었다 놓는 것처럼 무(無)에 빠져들지 않기 위한 하나의 의식이 아니었을까? 청년 랭보는 예기치 않았던 의구심이 불러일으킨 혼란 때문에 숨이 막힐 것 같아 땅바닥에 주저앉아 울음을 터뜨렸다.

랭보는 자기 머리 위에 무엇인가 놓이는 것을 느꼈다. 손이었다. 철 손이었지만 아주 가벼웠다. 아질울포가 랭보 옆에 무릎을 꿇고 앉았다.

"무슨 일인가, 젊은이? 왜 우는 거지?"

동요나 절망, 분노 상태에 빠진 다른 인간들의 모습을 보면 아질울포는 금방 완벽한 평온과 자신감을 느꼈다. 자신은 존재하는 사람들을 억압하는 고통과 전율에서 자유로울 수 있다는 생각 때문에 보호자 같은 거만한 태도를 취할 수 있었다.

"용서해 주세요. 아마 피곤해서 그런가 봅니다. 밤새도록 한숨도 못 잤거든요. 금방 쓰러질 것 같아요. 잠깐이라도 눈을 좀 붙였으면 좋겠어요……. 그런데 벌써 날이 밝았네요. 기사님도 밤을 샌 것 같은데 어쩌면 이렇게 멀쩡하십니까?"

"잠깐이라도 깜빡 잠이 들면 난 기절하고 말 거다. 아니 더 이상 살 수 없을 거야. 영원히 사라져 버리는 거지. 그래서 난 밤이고 낮이고 언제나 깨어 있다."

아질울포가 천천히 말했다.

"끔찍할 것 같군요."

"그렇지 않아."

아질울포의 목소리가 다시 메마르고 강해졌다.

"그러면 갑옷을 절대로 벗지 않습니까?"

아질울포가 다시 우물우물 대답했다.

"몸은 없다. 갑옷을 벗든 입든 내게는 별다른 의미가 없어."

랭보는 고개를 들어 얼굴 보호대에 난 틈새들을 쳐다보았다. 마치 어둠 속에서 번득이는 시선을 찾기라도 하듯이.

"그러면 어떻게 존재하시는 겁니까?"

"지금과 달리 어떻게 존재할 수 있는 거지?"

갑옷 손이 아직도 랭보의 머리 위에 놓여 있었다. 랭보는 자기 머리 위에 놓인 손이 마치 물건같이 느껴졌다. 따스함을 느낄 수 있는 인간적인 친근함, 아니 위안을 줄 수도 있고 때로는 귀찮게 여겨질 수도 있는 친근함 같은 것은 전혀 느껴지지 않았다. 오히려 그에게 전해져 오는 것은 긴장된 고집스러움뿐이었다.

3

말을 탄 카롤루스 대제가 프랑스군 선두에 서 있었다. 프랑스
군들은 적진을 향해 진군하는 중이었는데 별로 서두르지도 않
았고 그다지 빠른 속도로 전진하지도 않았다. 황제 주변에 무리
를 지어 모여 있던 용장들은 사나운 말들에게 재갈을 물려 속력
을 늦추었다. 말들이 이리저리 움직이다가 서로 부딪칠 때면 용
장들의 은빛 방패가 위로 올라갔다 내려오곤 했는데 그 모양이
꼭 물고기 아가미 같았다. 군대는 비늘로 뒤덮인 긴 물고기, 그
러니까 뱀장어와 아주 비슷했다.

농부들과 목동들과 시골 사람들이 길가로 달려 나왔다.

"저 사람이 왕이야, 저 사람이 카롤루스다!"

사람들은 땅에 엎드려 절을 했는데 그들이 왕을 알아볼 수
있었던 것은 별로 친숙하지 않은 카롤루스의 왕관 덕택이 아니
라 긴 수염 때문이었다. 사람들은 곧 전사들을 구경하기 위해 일
어섰다.

"저기 롤랑이 있다! 아니야, 그 사람은 올리버야!"

그들은 단 한 사람도 제대로 알아맞히지 못했다. 하지만 그런 것은 아무래도 상관이 없었다. 이런저런 전사들이 모두 그곳에 있었기 때문에 사람들은 자신이 보고 싶어 했던 바로 그 전사를 보았다고 언제라도 맹세할 수 있었으니까.

용장 무리에 섞여 말을 타고 행군하던 아질울포는 가끔씩 조금 속력을 내어 앞으로 튀어나오곤 했다. 그러다가 다른 사람들을 기다리기 위해 그 자리에 멈춰 섰고 부대가 제대로 열을 갖춰 따라오는지 살펴보기 위해 몸을 돌리거나 지평선 위 해의 위치로 시간을 계산해 보려는 듯 해를 바라보기도 했다. 그는 안절부절이었다. 그 많은 용장들 가운데 행군 대열이라든지 야영지, 밤이 되기 전까지 도착해야 할 목적지 등을 생각하는 사람은 아질울포 한 사람뿐이었다. 다른 용장들은 사실 행군 속도가 빠르든 느리든 별 상관을 하지 않았다. 어쨌든 적진에 계속 다가가니까 말이다. 그리고 황제가 연로하고 지쳤다는 것을 구실로 선술집만 나타나면 언제든 행군을 멈추고 술을 마실 태세를 갖추었다. 거리를 지날 때는 선술집 간판과 여종들 뒤꽁무니만 쳐다보았고 곧바로 무례한 말들을 지껄였다. 이마저도 없었다면 그들은 궤짝에 갇혀 여행을 하는 꼴이었을 것이다.

카롤루스 대제는 아직도 여행 중 볼 수 있는 여러 사물에 많은 호기심을 보였다.

"와, 오리들, 오리들이야!"

대제가 소리쳤다. 길 옆 풀밭으로 오리 떼들이 지나가고 있었다. 그 오리들 한가운데에 한 남자가 있었는데 그 사람이 대체 무슨 짓을 하는 건지 아무도 이해할 수 없었다. 그는 오리발처럼 발가락을 곧게 펴서 들어올린 채 몸을 웅크리고 등 뒤로 손을 돌리고 목을 쭉 빼고 걸으면서 이런 소리를 냈다.

"꽥—꽥—꽥."

오리들은 그 남자를 자기들과 같은 오리로 인정해 주듯 그에게 전혀 신경 쓰지 않았다. 사실 언뜻 보면 그 남자와 오리들이 별로 달라 보이지도 않았다. 그 사람이 걸친 흑갈색 옷은 (대부분 포대 조각들을 이어 만든 것 같았다.) 오리 깃털색과 똑같은 녹회색이 넓은 부분을 차지한 데다가 각양각색 헝겊 조각과 넝마 조각에 얼룩까지 져서 빛의 방향에 따라 무지갯빛으로 보이기도 하는 오리와 똑같았다.

"이봐, 너. 그런 식으로 황제 폐하께 인사하는 건 아니겠지?"

언제나 남을 혼내 줄 준비가 된 용장들이 소리쳤다.

그 남자는 몸을 돌리지 않았지만 그 고함 소리에 놀란 오리들은 모두 요란스럽게 날아가 버렸다. 남자는 코를 하늘로 쳐들고 잠깐 동안 오리들이 날아가는 모습을 쳐다보았다. 그러다가 팔을 벌리고 펄쩍 뛰었다. 그리고 그렇게 펄쩍 뛰면서 넝마 조각들이 매달린 두 팔을 쭉 펴고 내저으며 웃음을 터뜨리고는 기뻐서 어쩔 줄 모르는 목소리로 "꽤애꽥! 꽤애액꽥!" 하고 소리치며 오리 떼들을 따라가려고 애썼다.

가까이에 못이 하나 있었다. 오리들은 그곳으로 날아가서 물 위에 내려앉았고 날개를 접으며 가볍게 헤엄을 쳤다. 못에 도착한 남자는 자기 배 아래까지 닿는 물속으로 뛰어들어 수많은 물 방울들을 튀겨 대면서 정신없이 움직였다. 여전히 "꽥! 꽥!" 하고 소리치면서 계속 못 안쪽 깊은 곳으로 들어갔기 때문에 결국은 꾸르륵 소리를 내며 물속에 빠져 버렸는데 잠시 후 다시 물 위로 모습을 드러내고 헤엄을 쳐 보려고 애썼지만 다시 가라앉았다.

"그런데 저 사내는 오리 치는 사람이냐?"

전사들이 갈대를 들고 가는 시골 소녀에게 물었다.

"아니에요, 저 오리들은 내가 돌봐요. 내 오리들이거든요. 저 사람은 아무 상관 없어요. 저 사람은 구르둘루인데……."

시골 소녀가 대답했다.

"그런데 대체 네 오리들을 데리고 뭘 하는 거냐?"

"아, 아무 일도 아니에요. 가끔씩 저런다니까요. 오리들을 보면 자기도 오리라고 생각하는 거예요……."

"자기가 오리라고 믿는단 말이지?"

"그래요, 자기가 오리라고 생각한다니까요……. 구르둘루가 어떻게 하는지 보셨잖아요. 신경 쓰지 마세요."

"그런데 지금은 대체 어디로 간 거지?"

용장들은 못으로 다가갔다. 구르둘루는 보이지 않았다. 거울 같은 물 위를 건넌 오리들은 물갈퀴 같은 발로 다시 풀밭 위를 걸어가고 있었다. 못 주위에서 자라던 고사리 속에서 개구리 합창이 들려왔다. 남자는 바로 그 순간 숨을 쉬어야 한다는 사실을 기억하기라도 한 듯 갑자기 물 위로 머리를 내밀었다. 그는 바로 자기 코 밑 물 위에 반사되어 비치는 고사리 끝부분이 무엇인지 전혀 이해하지 못한 듯 어리둥절해서 그것을 쳐다보았다. 고사리 이파리마다 아주 매끄럽고 작은 초록색 개구리들이 앉아 있다가 그를 보고 있는 힘껏 울어 댔다.

"개골! 개골! 개골!"

"개골! 개골! 개골!"

구르둘루는 즐겁게 대답했다. 그러자 고사리 잎에 앉아 있던 개구리들이 그의 목소리를 듣고 모두 물속으로 뛰어들었다가 다시 둑 위로 뛰어올랐다. 그러자 구르둘루는 "개골!" 하고 소리치며 자기도 개구리처럼 둑 위로 펄쩍 뛰어올랐다. 머리부터 발끝까지 흠뻑 젖은 데다가 진흙투성이가 된 그는 개구리처럼 몸을 웅크렸다. 그리고 "개골!" 하고 소리쳤는데 그 소리가 어찌나 크던지 갈대와 풀 들이 다 흔들렸고 그는 다시 물에 빠져 버리고 말았다.

"빠져 죽은 건 아닌가?"

용장들이 한 어부에게 물었다.

"아, 오모보가 가끔 잊어버리고 잃어버리기는 하지요……. 하지만 빠져 죽지는 않는답니다……. 그가 물고기와 함께 그물에 걸리면 문제지요……. 언젠가 오모보가 고기를 잡을 때 이런 일이 있었습니다……. 물속에 그물을 던지고 나서 막 그물 속으로 들어오는 물고기 한 마리를 본 겁니다. 그러다가 그 물고기가 자기라고 생각하고는 물속에 뛰어들어 자기도 그물로 들어갔죠……. 오모보가 어떤 사람인지 아시겠지요……."

"오모보라니? 저 남자는 구르둘루 아닌가?"

"우린 오모보라고 부른답니다."

"하지만 저 애가……."

"아, 저 애는 우리 마을 사람이 아닙니다. 그 애 마을에서는 그렇게 부를 수도 있겠지요."

"그러면 저 남자는 이 마을 사람인가?"

"천만에요, 떠돌이지요……."

기마 행렬은 배나무들이 늘어선 과수원 옆을 지나고 있었다.

배나무에는 잘 익은 배들이 매달려 있었다. 전사들은 창 끝으로 배를 찔러 투구 주둥이로 널름 삼켜 버린 다음 씨를 내뱉었다. 늘어선 배나무들 한가운데 누가 있었을까? 바로 구르둘루-오 모보였다. 그는 자기 팔을 나뭇가지처럼 꼬고 있었는데 두 손과 입과 머리와 찢어진 옷 틈새가 배 천지였다.

"저 녀석 좀 보게, 배나무가 됐네."

카롤루스 대제가 유쾌하게 말했다.

"제가 저 녀석을 흔들어 놓겠습니다."

롤랑이 이렇게 말하고 구르둘루를 한 번 쳤다.

구르둘루는 배가 모두 땅에 떨어져 경사진 풀밭으로 굴러가 게 내버려두었다. 그는 잠시 배들이 굴러떨어지는 모습을 보다 가 자기도 배처럼 풀밭으로 굴러가고 싶은 마음을 어떻게 억누 를 수가 없었다. 곧 구르둘루는 전사들의 시야에서 사라졌다.

"존엄하신 폐하, 그를 용서해 주십시오!"

늙은 채소 장수가 말했다.

"마르틴줄은 종종 자기가 있어야 할 자리가 나무나 생명 없 는 과일 속이 아니라 존엄하신 폐하의 충실한 백성 속이라는 것 을 이해하지 못한답니다."

"자네가 마르틴줄이라고 부르는 저 미치광이 녀석 속에는 대 체 뭐가 들어 있는 건가?"

우리의 황제께서 친절하게 물었다.

"내가 보기엔 자기 머릿속에 무엇이 들어 있는지도 모르는 것 같군!"

"저희가 어찌 알겠습니까, 폐하."

경험이 풍부한 사람들만의 분별력을 지닌 늙은 채소 장수가 공손하게 말했다.

"뭐라 말할 수 없는 미친 녀석이지요. 존재하기는 하지만 자기가 존재한다는 것을 모르는 사람일 뿐입니다."

"오, 재미있는 일이야! 여기 있는 이 백성은 존재하지만 자기가 존재한다는 것을 모르고 저기 있는 나의 용장은 자기가 존재한다는 것을 분명히 알지만 존재하지 않는군. 좋은 짝이 되겠어, 틀림없어!"

말안장에 앉아 있던 카롤루스 대제는 벌써 피곤했다. 그는 마부들에게 몸을 기대고 수염 사이로 숨을 헐떡이면서 투덜거렸다.

"불쌍한 프랑스!"

그러더니 그는 말에서 내렸다. 대제가 한쪽 발을 땅에 대자 이것을 신호로 곧 전 군대가 멈춰 섰고 야영 준비를 서둘렀다. 병사들은 배급을 받으려고 반합을 들었다.

"저 구르구르……. 이름이 뭐라고 했지? 그 사내를 내 앞으로 데려와라."

왕이 말했다.

"저 사내는 여기저기 떠돌아다녔고 기독교 군대나 이교도 군대를 모두 쫓아다녔는데 그때마다 다른 이름을 얻었습니다. 사람들은 그를 구르둘루라고 부르기도 하고 구디-우스프, 벤-바-우스프, 벤-이스탄불 또는 페스탄불이나 베르틴줄, 마르틴봉, 또는 오모봉, 오모베스티아나 계곡의 미개인이라고 부르기도 했고 잔 파치아소 또는 피에르 파치우고라고 부르기도 했습니다. 어떤 외딴 농장에서는 사람들마다 모두 다른 이름으로 저 사내를 부른 일도 있었을 겁니다. 그러다가 저는 저 사내의 이름이 어디에서든 계절에 따라 변한다는 것을 알게 되었습니다. 어떤 이름이든 그에게 달라붙어 있지 않고 흘러가 버린다고 할 수 있지요. 그러니까 어떻게 부르든 그에게는 별 차이가 없는 겁니다. 폐하께서 저 사내를 부르시면 저 사내는 아마 폐하께서 염소를 부르신다고 생각할 겁니다. 폐하께서 '치즈'나 '시냇물'이라고 말씀하시면 저 사내는 '저 여기 있어요.' 하고 대답할 겁니다."

산소네와 뒤동이라는 두 용장이 구르둘루를 포대 자루처럼 질질 끌어당기면서 앞으로 나왔다. 그리고 그를 카롤루스 대제 앞으로 밀어붙였다.

"모자를 벗어라, 이 짐승아! 폐하의 모습이 보이지도 않느냐!"

구르둘루의 얼굴에서는 빛이 났다. 열에 달아오른 넓은 얼굴에는 프랑스인과 무어인의 특징들이 뒤섞여 있었다. 올리브색 피부에 붉은 주근깨가 점점이 박혔고 납작코 위의 두 눈에는 술기운으로 핏발이 섰고 두꺼운 입술은 통통 부어 있었다. 곱슬머리는 엷은 금발이었다. 머리카락 사이에 밤송이와 귀리 이삭이 엉켜서 매달려 있었다.

그는 몸을 구부려 절을 하고 아주 빠르게 말을 하기 시작했다. 지금까지 그가 지르는 짐승 소리밖에 듣지 못했던 귀족들은 깜짝 놀랐다. 그는 말을 얼버무리고 뒤섞어 가면서 아주 빠르게 이야기를 했다. 어떤 때는 숨 한번 쉬지 않고 이 사투리 저 사투리, 심지어는 기독교인들의 말과 무어인들의 말을 되는 대로 뒤섞어 이야기하는 것 같았다. 이해할 수 없는 엉터리 말들의 내용은 대충 이랬다.

"저는 코를 땅에 대고 폐하의 발치에 무릎을 꿇고 가장 비천

하신 폐하의 당당한 백성임을 고합니다. 명령만 내리시면 그에 따르겠습니다!"

그러더니 허리띠에 매달아서 가지고 다니던 수저를 손에 쥐었다.

"……그리고 그때 폐하께서 말씀하십니다. '나는 명령하고 지휘하고 요구한다.' 홀(笏)을 들고 나처럼 이렇게 해 보십시오, 보셨죠? 그리고 제가 소리치듯 당신도 소리치는 겁니다. '나아는 명려—엉하고 지휘이하고 요오—구한다.'라고요. 그러면 너희 개 같은 신하들은 내게 복종을 해야 하는 거다. 그렇지 않으면 너희들을 장대에 끼워 죽여 버릴 테다. 거기 너, 노망난 늙은이 같은 얼굴에 수염을 기른 너부터 제일 먼저 없애 버릴 테다."

"제가 단칼에 저 녀석의 머리를 잘라 버릴까요, 폐하?"

롤랑이 벌써 칼집에서 칼을 빼들고 물었다.

"마르틴줄에게 은총을 베풀어 주십시오, 폐하. 그가 언제나 저지르는 실수의 하나일 뿐입니다. 폐하께 이야기하면서 혼란이 생겨 버린 겁니다. 이젠 누가 왕인지, 자기가 왕에게 이야기하는 건지 왕이 된 건지 구분을 못 하는 겁니다."

채소 장수가 말했다.

김이 모락모락 나는 큰 통에서 음식 냄새가 풍겨 왔다.

"저 녀석에게 죽을 한 그릇 줘라."

카롤루스 대제가 너그럽게 말했다.

얼굴을 찌푸리며 절을 하고 이해할 수 없는 말을 중얼거리던 구르둘루는 죽을 먹으려고 나무 밑으로 갔다.

"지금 뭐 하는 거야?"

구르둘루는 마치 죽 통 안에 들어가기라도 하려는 듯 땅에 내려놓은 죽 통 안으로 머리를 들이밀려 애쓰고 있었다. 마음씨 좋은 채소 장수는 그에게 가서 어깨를 흔들었다.

"언제쯤이면 이해할 수 있겠나, 마르틴줄. 죽을 먹어야 하는 사람은 바로 너고 죽이 너를 먹어서는 안 된다는 걸 말이야! 기억나지 않아? 숟가락으로 죽을 떠서 입으로 가져가야 하는 거야……."

구르둘루는 게걸스럽게 숟가락으로 죽을 퍼서 입에 처넣기 시작했다. 너무 성급하게 숟가락을 입에 집어넣었기 때문에 이따금씩 입이 아닌 다른 곳으로 숟가락이 들어가기도 했다. 구르둘루는 나무 아래 앉아 있었는데 그의 머리 높이 정도 되는 나무 몸통 부분에 구멍이 하나 뚫려 있었다. 구르둘루는 바로 나무 몸통의 그 구멍에다 숟가락으로 죽을 퍼 넣었다.

"그건 네 입이 아니야! 나무 구멍이다!"

아질울포는 처음부터 당황스러우면서도 흥미로운 눈으로, 등을 긁으려는 망아지처럼 존재하는 사물들의 한가운데를 굴러다니는 것 같은 이 고깃덩어리 육체의 움직임을 주의 깊게 지켜보았다. 그리고 그는 현기증 같은 것을 느꼈다.

"아질울포 기사! 내 말 좀 들어 보겠나? 저기 저 사내를 자네 하인으로 넘겨주겠네! 응? 어떤가, 좋은 생각이지?"

카롤루스 대제가 말했다.

용장들은 빈정대며 조소를 보냈다. 하지만 모든 것을 (그리고 황제의 명령이라면 그 어떤 것이든!) 신중하게 받아들이는 아질울포는 새 하인에게 첫 명령을 전달하기 위해 그를 향해 몸을 돌렸다. 하지만 급하게 죽을 퍼 먹은 구르둘루는 나무 그늘 아래서 잠에 곯아떨어져 있었다. 그는 풀밭 위에 누워 입을 쩍 벌리고 코를 골았는데 가슴과 배가 대장장이 풀무처럼 올라갔다 내려왔다 했다. 더러워진 죽 통은 아무것도 신지 않은 살찐 그의 발 옆에서 굴러다녔다. 죽 냄새에 유혹당한 듯한 고슴도치 한 마리가 풀 속에서 나와 죽 통에 다가갔다. 그러더니 죽을 한 방울도 남기지 않고 다 핥아 먹어 버렸다. 그렇게 죽을 핥아 먹다가 맨발인 구르둘루의 발바닥을 가시로 찔렀다. 그리고 아주 조금씩 흐르는 죽을 따라 올라가다 보니 구르둘루의 맨발을 자꾸만 자기 가시로 찌를 수밖에 없었다. 그러는 동안 이 떠돌이가 눈을 떴다. 그는 자기를 깨운 이 통증이 대체 어디서 생긴 것인지도 모르는 채 주위를 둘러보았다. 그러다가 풀 속에 선인장처럼 서 있는 자기 맨발과 그 다리에 붙어 있는 고슴도치를 보았다.

"오, 다리."

구르둘루가 말하기 시작했다.

"이봐, 다리, 너한테 말하는 거야. 멍청이처럼 거기 서서 뭐 하는 거냐? 저 짐승이 널 찌르는 것도 못 봤냐? 오, 이놈의 다리! 멍텅구리! 왜 이리로 네 몸을 끌어당기지 않은 거지? 네가 아픈 것도 모른단 말이야? 멍텅구리 같은 다리야! 조금이면 되는걸, 조금만 움직이면 충분한걸! 그렇게 멍청하게 있으면 대체 어떻게 하겠다는 거야! 다리야! 내 말 좀 들어 봐. 네가 어떻게 죽을 뻔했는지 좀 보라고! 멍텅구리야, 끌어당겨! 내가 하는 것 좀 한번 봐라, 내가 이제 어떻게 해야 하는지 보여 줄게……."

이렇게 말하면서 그는 자기 몸 쪽으로 다리를 끌어당겨 고슴도치를 떼 내고 다리를 구부렸다.

"됐다. 이렇게 쉽잖아. 어떻게 하는 건지 보여 주자마자 너도 그렇게 했구나. 멍텅구리 다리야, 왜 그렇게 가만히 찔리고만 있었니?"

그는 무감각해진 발바닥을 비비고 나서 벌떡 일어나 휘파람을 불었다. 그러고는 갑자기 달려나가더니 관목 숲으로 뛰어들었고 방귀를 연달아 뀌더니 사라져 버렸다.

아질울포는 그의 흔적을 찾기라도 하듯 이리저리 돌아다녀 보았다. 대체 어디로 간 것일까? 귀리가 빽빽이 자란 밭들과 철쭉과 쥐똥나무 수풀이 줄무늬를 이룬 골짜기가 펼쳐져 있었고 가벼운 바람이 불었다. 돌풍이 불 때면 꽃가루와 나비 들이 바람에 실려왔고 높은 하늘에는 하얀 구름들이 가볍게 떠다녔다. 구르둘루는 그 골짜기 한가운데로, 움직이는 해가 그늘과 빛을 자유자재로 만들어 내는 비탈길 한가운데로 사라졌다. 그는 비탈길 이쪽이나 저쪽 어딘가에 틀림없이 있을 것이다.

어느 곳에선가 장단이 전혀 맞지 않는 노랫소리가 들려왔다.

"드 쉬르 레 퐁 드 베이욘……."*

골짜기 기슭에 서 있던 하얀 갑옷의 아질울포는 팔짱을 꼈다.

"그런데 자네 새 하인은 언제부터 자네 시중을 드는 거지?"

동료들이 그를 놀렸다.

아질울포는 높낮이 없는 기계적인 목소리로 단호하게 말했다.

"황제 폐하의 구두 명령은 곧 법령과 같은 가치를 지닌다."

"드 쉬르 레 퐁 드 베이욘……."

더 멀리서 노랫소리가 다시 들려왔다.

---

* 베이욘의 다리 위에서…….

4

이 이야기가 펼쳐지는 시대에 세상 사물들은 아직 혼돈 상태에 있었다. 실재와 전혀 일치하지 않는 이름과 생각과 형식과 제도 들이 심심치 않게 보였다. 그와 동시에 세상에는 이름도 특징도 없는 사물과 능력과 사람 들이 넘쳐났다. 존재하고 흔적을 남기고 존재하는 모든 것들과 충돌하려는 의지와 집요함이 아직 완전히 모습을 보이지 않던 시대였다. 그래서 많은 사람들이—가난이나 무지 때문에, 또는 모든 것이 그 나름대로 잘되어 나갔기 때문에—아무런 행동도 하지 않았고 그 결과 대부분이 허공으로 사라져 버렸다. 아마 그 당시에도 어느 순간에 이르러, 그렇게 희박했던 의지와 자의식은 감지할 수 없는 수증기들이 구름으로 응축되듯 응고되어 덩어리를 이루고 이 덩어리는 우연에 의해서든 본능에 의해서든 이름이나 한 가계(家係), 그 당시 종종 공석으로 남아 있기도 했던 군대 계급, 수행해야 할 의무와 정해진 규율로 변할 수도 있었을 것이다. 그리고 특히 텅 빈 갑옷으로도 변할 수 있었다. 시간이 흐름에 따라 진짜 존재하는 사람도 갑옷이 없으면 사라질 위험에 처했기 때문에 존재하지 않는 한 사람에게 그 갑옷이 얼마나 중요한 것인지를 우리는 쉽게 상상해 볼 수 있다……. 그래서 구일디베르니 가문의 아질울포는 행동을 개시했고 명예를 얻기 위해 온갖 노력을 다기울였다.

이 글을 쓰는 나는 콜롬바노 수도회의 테오도라 수녀다. 나는 오래된 기록들과 면회실에서 들었던 잡담들과 실제로 생존했던 사람들이 들려준 희귀한 몇 가지 증언들을 토대로 수녀원에서 이 글을 쓰고 있다. 우리 수녀들에겐 군인들과 이야기를 나눌 기회가 거의 없다. 그래서 내가 잘 모르는 것은 상상을 해보려고 애쓴다. 달리 어떻게 할 수 있겠는가? 그리고 난 아직 모든 이야기를 분명하게 다 이해할 수가 없다. 여러분들이 너그럽게 봐주길 바란다. 수녀들은 대개가 시골 처녀들이며 귀족 집안 처녀가 있기는 해도 그녀들 역시 항상 세상과 멀리 떨어진 깊은 성 안에 살다가 수녀원에 들어왔다. 종교의식과 3일 묵상이나 9일 기도 말고는, 들일이라든가 타작, 포도 수확, 하인들 태형, 근친상간, 교수형, 탈영, 약탈, 강간, 흑사병 같은 세상 일은 전혀 경험해 본 적이 없다. 가련한 수녀가 세상에 대해 무엇을 알 수 있겠는가? 그러므로 나는 속죄를 위해 시작한 이 이야기를 아주 힘겹게 써 내려가고 있다. 이제 내가 여러분들에게 전투 이야기를 어떻게 들려줄지는 하느님만이 아실 것이다. 나는 하느님의 은총으로 항상 전쟁터에서 멀리 떨어져 살아왔다. 그래서 우리 성 아래 평야에서 벌어졌고 내가 어렸을 때 성 총안(銃眼)을 통해서, 이글이글 역청이 타오르던 큰 냄비 틈에서 지켜보았던 야전 너댓 번을 제외하고는 (땅에 묻히지 못한 전사자들은 들판에서 썩어 갔고 그다음 해 여름 우리는 구름 같은 말벌 아래에서 놀다가 그런 전사자들을 수도 없이 발견했다!) 유감스럽게도 전투에 대해 아는 것이라고는 아무것도 없다.

랭보 역시 전투에 대해 아는 것이 하나도 없었다. 지금까지 살아오면서 다른 일에는 거의 주의를 기울이지 않고 오로지 전투에만 신경을 썼지만 전투에 참가해 보기는 이번이 처음이었다. 그는 말을 타고 줄을 서서 공격 신호를 기다렸지만 아무런 느낌도 없었다. 그는 몸에 너무 많은 것들을 걸치고 있었다. 목 보호대가 달린 쇠사슬 갑옷과 목 보호대와 어깨 보호대가 달린 흉갑, 그 위에는 긴 겉옷을 입었고 겨우 밖을 내다볼 수 있게 만들어진 참새 부리 모양 투구를 쓴 데다가 자기보다 더 큰 방패에, 몸을 돌릴 때마다 동료들의 머리를 치는 창을 들고 있어서 역시 온몸을 철 마구로 성장한 자기 말도 제대로 보이지 않았다.

아르갈리프 이소아르의 피로 돌아가신 아버지의 원수를 갚겠다는 생각은 이제 거의 욕망이 되어 버렸다. 용장들은 전투 대형이 모두 표시된 서류들을 보면서 랭보에게 말했다.

"나팔이 울리면 너는 창을 겨누고 곧장 일직선으로 말을 달려 앞으로 나가서 이소아르를 찔러라. 이소아르는 항상 대열의 이 지점에서 전투를 한다. 네가 만약 비뚤비뚤 달려나가지만 않는다면 분명 그를 만날 것이다. 적군의 전 대열이 흩어지지만 않는다면 말이다. 첫 번째 충돌 전에 그런 일이 벌어진 경우는 단 한 번도 없었다. 물론 언제나 예외는 있을 수 있다. 하지만 네가 그를 찌르지 못하면 네 옆의 동료가 찌를 테니 안심해도 된다."

일이 그렇게만 된다면 랭보는 다른 것은 아무래도 괜찮았다.

전투가 시작되었다는 신호는 기침이었다. 랭보는 멀리서 전진해 오는 거대한 노란색 먼지 구름을 보았다. 그리고 기독교 군대의 말들도 질주를 시작했기 때문에 주위 흙에서도 또 다른 먼지가 일었다. 랭보는 기침을 하기 시작했다. 황제 군대의 군인이 모두 갑옷 속에 갇혀 기침을 해 댔다. 그리고 그렇게 기침을 하면서 이교도의 먼지 구름을 향해 말을 달렸는데 벌써 여기저기서 사라센인들의 기침 소리가 점점 더 많이 들려왔다. 두 먼지 구름이 뒤섞였다. 기침 소리와 창 부딪치는 소리들이 평원에 진동했다.

첫 충돌에서는 창으로 적을 찌르는 것보다는 (창이 방패에 부딪혀 부러져 버릴 수도 있고 또 달려가다가 가속도로 인해 땅에 얼굴을 처박을 위험도 있기 때문에) 오히려 적의 말이 휙! 하고 반회전하는 순간 창을 적의 엉덩이와 안장 사이로 밀어넣어 적을 말에서 떨어뜨리는 게 훨씬 더 노련한 행동이었다. 하지만 그렇게 잘 되지 않을 수도 있는데 아래로 겨눈 창은 쉽게 장애물에 걸리기도 하고 혹은 지렛대처럼 땅에 꽂혀 투석기에서 돌이 날아가듯 말에 탄 사람을 날려 버릴 수도 있기 때문이다. 그래서 첫 번째 대열이 충돌했을 때 전사들은 모두 자기 창에 매달려 허공에서 버둥거렸다. 그리고 적군이나 아군의 갈비뼈를 창으로 찌르지 않고서는 창을 들고 몸을 돌릴 수 없어서 옆으로 움직이기가 아주 어려웠기 때문에 곧 모두 꼼짝도 할 수 없었고 상황이 어떻게 돌아가는지도 전혀 알 수 없었다. 그래서 명장들이 검을 빼 들고 달려와서 검을 휘둘러 그 대혼란을 깨끗이 정리했다.

그렇게 하다 보면 그들은 적의 명장들과 방패와 방패를 마주하고 대치하곤 했다. 그들은 싸움을 시작했지만 벌써 땅 위에는 시체들이 가득해서 움직이기가 아주 힘들었다. 그리고 서로 대면할 수 없는 곳에서는 욕이 퍼부어졌다. 거기서는 욕의 등급과 강도가 분명했는데 그 욕이 치명적인지, 피비린내 나는지, 참을 수 없는 것인지, 중간 정도인지, 가벼운 것인지에 따라 다양한 보상이나 후세에까지 전해지는 집요한 증오들이 규정되기 때문이었다. 그래서 무엇보다 서로의 말을 이해하는 게 중요했는데 무어인들과 기독교인들 사이에서, 그리고 그들이 사용하는 다양한 무어 말과 기독교 세계 말들 속에서 상대 말을 알아듣는다는 게 쉬운 일은 아니었다. 만약 여러분이 이해할 수 없는 욕을 들었다면 어떻게 할 수 있겠는가? 여러분은 아마 그 욕을 가슴에 새겨 둘 것이고 그 치욕스러움은 평생 사라지지 않을 것이다. 그래서 이런 상황의 전투에는 통역관들이 따라다녔다. 그들은 간단하게 무장하고 작은 말을 탄 민첩한 부대로서 여기저기 돌아다니면서 날아다니는 욕들을 받아서 수취인의 언어로 재빨리 통역해 주었다.

"크하르 아스—수스!"*
"벌레 똥 같은 놈!"
"무스흐리크! 소쪼! 모쪼! 에스클라바오! 마르라노! 히이요데 푸타! 자발칸! 메르데!"**
통역관들은 죽이지 않는 게 양편의 묵계였다. 게다가 그들은

---

*"조용히 해라, 이놈아!"
**"거지 같은 놈! 망할 놈! 쌍놈!"

아주 민첩하게 달렸다. 다리에 철갑을 둘러 한 발짝도 떼 놓기 힘든 뚱뚱한 말 위에 올라탄 무거운 전사 한 명을 죽이기도 쉽지 않은 이 혼란 속에서 메뚜기 같은 통역관들을 죽이기가 얼마나 어려울지는 짐작할 수 있으리라. 하지만 흔히 이야기하듯, 전쟁은 전쟁이어서 가끔씩 누군가가 갑자기 죽기도 했다. 어쨌든 통역관들은 '갈보 새끼'라는 말을 두 언어로 할 줄 안다는 구실로 위험한 상황을 피할 수 있었다. 전투가 벌어졌던 곳에서는 손이 날째면 언제나 좋은 수확을 거둘 수 있는데 특히 가는 곳마다 모든 것을 다 움켜쥐는 보병대 떼거리들이 오기 전에 때를 잘 맞추어 전투지에 도착하면 행운이었다.

키가 작은 보병들은 최선을 다해 물건을 거두어들이지만 말을 탄 기사들은 기회를 봐서 가장 적당한 순간에 단 한칼로 보병들을 위협해 모은 물건들을 다 끌어올린다. 전리품은 죽은 사람의 몸에서 떼어낸 것이 아니었는데, 죽은 사람의 물건을 약탈하는 일은 특별한 주의력을 필요로 하기 때문이다. 하지만 온갖 물건이 사방에 흩어져 있었다. 마구를 겹겹이 입혀 전투에 참가하는 습관 때문에 첫 번째 충돌 후에는 가지각색 물건들이 땅에 뒤죽박죽 떨어진다. 그럴 때 전투를 계속하고 싶은 사람이 어디 있겠는가? 그 물건들을 서로 가져가려고 큰 싸움이 벌어진다. 병영으로 돌아와 밤이 되면 물물교환과 거래가 이루어진다. 언제나 똑같은 물건이 돌고 돌아 이 병영에서 저 병영으로, 같은 병영의 이 연대에서 저 연대로 옮겨 간다. 결국 전쟁이란 물건들이 계속 망가지며 이 손 저 손으로 옮겨 다니는 게 아닐까?

랭보는 모든 일이 그가 들었던 것과는 전혀 다르게 벌어진다는 것을 알았다. 그는 두 부대가 접전을 벌일 거라는 불안으로 몸을 떨면서 창을 앞으로 들고 달려나갔다. 두 부대는 충돌했고 싸움을 했다. 하지만 기사들이 모두 다 두 적 사이로 지나가면서 적들과 몸을 스치지도 않는 것으로 보아 모든 상황이 다 계획된 것 같았다. 두 부대는 잠깐 동안 서로 등을 돌리고 각자의 방향으로 달렸다가 다시 돌아서서 싸워 보려고 애썼지만 이미 공격성은 다 사라져 버렸다. 앞으로 나가던 랭보의 방패가 마른 대구처럼 뻣뻣한 사라센인의 방패와 충돌했다. 랭보도 사라센인도 상대에게 양보할 의사가 전혀 없어 보였다. 그들은 방패로 서로를 밀어 댔고 말들은 발을 땅에 대고 꼼짝 않고 서 있었다.

백묵처럼 얼굴이 창백한 사라센인이 뭐라고 말을 했다.

"통역관! 뭐라고 하는 거냐?"

랭보가 소리쳤다.

게으른 통역관들 중 한 사람이 급히 달렸다.

"길을 비키라고 하는뎁쇼."

"안 돼, 내 목이 달아나도 비켜 줄 수 없어."

통역관이 통역을 하자 사라센인이 대답했다.

"임무 수행을 위해서 전진해야만 한답니다. 그렇지 않으면 전투를 계획대로 진행할 수 없을 거라는대요."

"아르갈리프 이소아르가 어디 있는지 말해 주면 가게 해 주겠다고 말하라!"

사라센인은 소리를 치면서 낮은 언덕 쪽을 가리켰다. 그러자 통역관이 말했다.

"저기 왼쪽 구릉 위에 있답니다!"

랭보는 몸을 돌려 그쪽으로 말을 달렸다.

초록색 옷을 걸친 아르갈리프가 지평선을 바라보고 있었다.

"통역관!"

"여기 있습니다!"

"나는 루시용의 제라르 후작의 아들인데 아버지 원수를 갚으러 왔다고 전하라."

통역관이 통역을 했다. 아르갈리프는 주먹 쥔 손을 들었다.

"그런데 누구라고?"

"내 아버지가 누구냐고? 이건 나에 대한 마지막 모욕이다!"

랭보는 칼을 빼 들었다. 아르갈리프도 랭보를 따라 했다. 그는 뛰어난 검술가였다. 랭보는 어느새 위험한 상황에 처하고 말았는데, 그 순간 아까 그 백묵처럼 얼굴이 창백한 사라센인이 숨이 턱에 닿아 뭐라고 소리를 치며 달려왔다.

"멈추십시오, 나리!"

통역관이 급하게 통역을 했다.

"용서해 주십시오. 제가 혼동했습니다. 아르갈리프 이소아르는 오른쪽 언덕에 있습니다! 이 사람은 아르갈리프 압둘입니다!"

"고맙소! 당신은 신의 있는 사람이오!"

랭보는 이렇게 말하고 말을 다시 움직인 뒤 아르갈리프 압둘에게 칼을 들어 인사를 하고 다른 쪽 언덕을 향해 질주했다.

랭보가 후작의 아들이라는 소식을 듣고 아르갈리프 이소아르가 말했다.

"뭐라고?"

그래서 통역관은 그의 귀에 대고 같은 말을 여러 번 소리쳐야만 했다.

마침내 그가 알아듣고는 칼을 들었다. 랭보는 그를 향해 돌진했다. 하지만 칼과 칼이 부딪쳤을 때 랭보는 이 사람이 이소아르가 아닐지도 모른다는 의심이 생겼다. 그러자 약간 힘이 빠졌다. 그는 온 힘을 다해 적을 치려고 애썼는데 그러면 그럴수록 이 사람이 자신의 적이 분명하다는 확신은 더욱 줄어들었다.

이렇게 반신반의하다가 그는 아주 치명적인 상황에 빠질 뻔했다. 무어인이 점점 더 가까이에서 그를 공격해 들어왔는데 바로 그때 그들 곁에서 큰 싸움이 벌어졌다. 무어인 장교 한 사람이 그 속에서 정신없이 난투를 벌이다가 갑자기 소리쳤다.

그 고함 소리에 랭보의 적은 휴전을 요구하기라도 하듯 방패를 들어올렸고 뭐라고 말을 했다.

"뭐라고 했지?"

랭보가 통역관에게 물었다.

"'예, 아르갈리프 이소아르, 곧 안경을 갖다 드리겠습니다!'라고 했습니다."

"뭐라고? 그러면 이 사람은 이소아르가 아니잖아."

랭보의 적이 설명했다.

"저는 아르갈리프 이소아르의 안경 운반자입니다. 당신네 기독교인들은 안경에 대해서 잘 모를 텐데, 시력을 교정해 주는 렌즈라고 할 수 있습니다. 이소아르는 근시라서 전투 중에도 꼭 안경을 써야 합니다. 하지만 보시다시피 유리라서 충돌이 있을 때마다 하나씩 부서지곤 한답니다. 저는 이소아르에게 새 안경을 가져다주는 수행원입니다. 그래서 결투를 잠깐만 중단하자고 부탁드린 겁니다. 그렇지 않으면 시력이 약한 이소아르께서 위험에 처하니까요."

"뭐, 안경 수행원이라고!"

랭보가 고함을 쳤다. 그는 너무 화가 나서 이 안경 수행원을 찔러 버려야 하는 건지, 진짜 이소아르에게 달려가야 하는 건지 알 수가 없었다. 그런데 앞을 제대로 보지도 못하는 적과 싸우는 게 진짜 용기 있는 행동일까?

"저를 보내 주십시오, 나리."

안경 수행원이 계속 말했다.

"정해진 전투 계획에 따르자면 이소아르는 건강해야 합니다. 그런데 저 분이 앞을 잘 보지 못하면 목숨을 잃고 맙니다!"

그러더니 안경을 들고 저쪽을 향해 소리쳤다.

"여기 있습니다, 아르갈리프. 곧 안경을 갖다 드리겠습니다!"

"안 돼!"

랭보는 이렇게 말하면서 안경 유리를 칼로 내리쳐 산산조각 내 버렸다.

안경 알이 깨지는 소리가 체념의 신호라도 되듯 바로 그 순간 이소아르는 기독교인의 창에 찔려 버리고 말았다.

"이제 이소아르는 안경을 끼지 않고도 극락의 천녀를 볼 수 있을 거야."

안경 수행원은 이렇게 말하고 말을 달려 사라져 버렸다.

시체가 된 아르갈리프의 다리가 등자에 얽힌 채 말안장에서 아래로 기우뚱 쓰러졌다. 그러자 말이 그 시체를 랭보의 발치까지 끌고 왔다.

시체가 되어 땅에 쓰러진 이소아르를 보면서 느끼는 감동과 그에게 몰려드는 모순된 생각들, 그러니까 마침내 아버지의 원수를 갚았다고 말할 수 있는 승리, 아르갈리프의 안경을 박살내서 그에게 죽음을 안겨다 준 게 정확한 복수라고 할 수 있는지에 대한 의심, 그를 여기까지 이끌고 온 목적에서 갑자기 자유로 워짐으로써 느끼는 당혹감 같은 모든 감정이 일순간 몰려들었 다 사라져 버렸다. 그리고 이제 앞으로는 머리를 복잡하게 하는 생각들을 하지 않고도 전쟁터 한가운데에 있을 수 있다고 생각 하자 이상하게 홀가분해졌고 다리에 날개가 달린 것처럼 달릴 수도 있고 주위를 돌아볼 수도 있고 싸울 수도 있을 것 같았다.

지금까지 랭보는 오로지 아르갈리프를 죽여야 한다는 강박 관념 때문에 전투 규율에 전혀 신경을 쓰지 않았고 어떤 규율 이 있는지조차 생각해 보지 않았다. 그는 모든 게 새로워 보였 고 지금 자기 혼자만 흥분과 두려움을 느끼는 것 같았다. 벌써 전사자들이 땅을 뒤덮었다. 갑옷을 입은 채 땅에 추락한 전사자 들은, 그들의 허벅지 보호대나 팔꿈치 보호대 또는 다른 철제 장식들의 위치에 따라 이상한 자세로 누워 있었는데 팔과 다리 를 하늘로 쳐들고 있는 경우도 있었다. 무거운 갑옷의 어떤 부분 이 망가져 버린 경우도 있었는데, 망가진 부분에서 내장들이 흘 러나와 마치 처음부터 갑옷 속에 완전한 인간의 육체가 들어 있 었던 게 아니라 내장들이 되는 대로 쑤셔 박혀 있다가 갑옷이 부서지자마자 밖으로 밀려 나온 것 같았다. 이런 무시무시한 광 경들을 보면서 랭보는 심하게 동요했다. 랭보는 혹시 이 모든 껍 질들을 움직일 수 있게 해 주고 활력을 주었던 게 인간의 따뜻 한 피라는 사실을 잊었던 게 아닐까? 물론 한 사람만은 예외지 만. 아니면 벌써 하얀 갑옷 기사가 지닌 이해할 수 없는 성질이 이 전쟁터 곳곳에 퍼져 있는 것 같은 생각이 들었던 것일까?

랭보는 말을 달렸다. 적군이든 아군이든 살아 있는 존재들과 만나길 갈망했다.

그는 작은 골짜기로 접어들었다. 골짜기는 파리 떼들이 날아다니는 시체들과 멀리 떨어져 한적했다. 전투는 잠깐 중단되었거나 다른 싸움터에서 한창 진행 중일 것이다. 랭보는 주변을 살펴보면서 말을 달렸다. 그때 달려오는 말발굽 소리가 들렸다. 곧이어 언덕 위에 말을 탄 전사가 나타났다. 사라센인이었다! 그 사라센인은 재빨리 주위를 둘러보더니 고삐를 잡고 급히 달아났다. 랭보는 박차를 가해 그를 따라갔다. 이제 랭보도 언덕 위에 올라와 있었다. 그는 평원으로 말을 달리던 사라센인이 갑자기 개암나무들 사이로 사라져 버리는 것을 보았다. 랭보의 말은 화살처럼 빠르게 달렸다. 지금까지 질주할 기회만을 기다렸던 것 같았다. 랭보는 기뻤다. 어찌되었든 이 생명 없는 껍질 속에서도 인간은 인간이고 말은 말인 것이다. 사라센인은 오른쪽으로 방향을 바꾸었다. 왜 그랬을까? 이제 랭보는 그를 따라잡을 수 있을 것 같은 확신이 섰다. 하지만 바로 그때 오른쪽 관목 숲에서 다른 사라센 기사가 튀어나와 랭보의 길을 가로막았다. 두 이교도들이 모두 방향을 바꿔 랭보에게 달려들었다. 매복을 하고 있었던 것이다! 랭보는 칼을 높이 들고 앞으로 달려나가며 소리쳤다.

"비겁한 놈들!"

말벌처럼 새까맣고 양쪽에 뿔이 난 것 같은 투구를 쓴 사라센인이 그에게 덤벼들었다. 랭보는 사라센인의 칼을 피하고 그의 방패에 일격을 가했지만 말이 뒷걸음질쳤다. 처음 보았던 사라센인이 그를 압박해 들어왔다. 이제 랭보는 칼과 방패로 승부를 겨루어야만 했고 말 옆구리에 무릎을 꼭 붙이고 말머리를 돌려야만 했다.

"비겁한 놈들!"

랭보가 소리쳤다. 그는 정말 분노했고 실제로 격렬하게 싸웠다. 두 적의 접근을 막는 데 쏟아 넣던 힘이 실제로 온몸에서 무섭게 빠져나갔다. 세상이 존재한다는 확신을 한 이 순간 죽는 것이 아주 슬픈 일인지 그렇지 않은 것인지도 모르는 지금, 랭보는 죽을지도 모른다.

두 사람이 함께 그에게 덤벼들었다. 그는 후퇴했다. 그리고 매달리듯 칼자루를 움켜쥐었다. 칼을 놓치면 끝장이었다. 그때, 바로 그 순간, 달려오는 말발굽 소리가 들렸다. 북소리같이 크게 울리는 그 소리에 두 사라센인이 함께 그에게서 떨어져 나갔다. 적들은 방패를 높이 들어 몸을 방어하면서 후퇴했다. 랭보도 몸을 돌렸다. 랭보는 짙은 보랏빛이 도는 긴 청색 겉옷을 갑옷 위에 걸친 기독교군 기사가 자기 옆에 서 있는 것을 발견했다. 역시 보랏빛 도는 청색 장식 깃털들이 투구 꼭대기에서 흔들렸다. 그 기사는 몸을 날쌔게 이리저리 움직이면서 가볍게 창을 놀려 사라센인들의 접근을 막았다.

이제 랭보와 미지의 기사가 나란히 섰다. 미지의 기사는 계속 창을 빙빙 돌렸다. 두 적들 중 한 사람은 공격하는 시늉을 하면서 그 기사의 손에서 창을 떨어뜨리려고 했다. 하지만 청색 기사는 그 순간 갑옷 가슴에 붙은 창 걸이에 창을 걸고 검을 빼들었다. 그가 이교도에게 달려들었고 격투가 벌어졌다. 랭보는 믿을 수 없을 정도로 가볍게 칼을 다루는 미지의 구원자를 보면서 거의 모든 것을 잊어버린 채 마치 몸이 굳은 것처럼 싸우는 모양을 구경만 하고 서 있었다. 하지만 그것도 한순간이었다. 또 다른 적이 랭보에게 달려들어 방패끼리 큰 소리를 내며 부딪쳤다.

랭보는 이교도와 싸우면서 청색 기사 곁으로 가게 되었다. 적들이 부질없이 새로운 공격을 한 뒤 뒤로 물러설 때마다 두 사람은 재빨리 자리를 바꿔 상대 적과 싸웠다. 그렇게 그들은 다양한 솜씨를 발휘해 적들을 괴롭혔다. 동료와 함께 싸우는 것은 혼자 싸우는 것보다 몇 배나 더 좋다. 서로 용기를 주고 격려할 수 있으며 적을 상대하는 데서 느끼는 감정과 친구가 있다는 데서 느끼는 감정이 동일한 열기로 뒤섞인다.

랭보는 청색 기사를 격려하기 위해 가끔씩 소리쳤다. 랭보는 전투를 할 때에는 호흡을 아끼는 것이 좋고 그래서 자기도 입을 다물어야 한다는 것을 잘 알았다. 하지만 동료의 목소리를 듣지 못하는 게 약간 서운했다.

싸움은 점점 더 격렬해졌다. 드디어 청색 기사가 자신이 상대하던 사라센인을 말안장에서 떨어뜨렸다. 땅에 떨어진 그 사라센인은 관목 숲으로 달아나 버렸다. 다른 사라센인은 랭보를 공격했지만 방패와 충돌한 그의 검이 부러지고 말았다. 포로가 될지도 모른다는 두려움 때문에 그 역시 말머리를 돌려 달아나 버렸다.

"고맙소, 형제."

랭보가 얼굴을 보이면서 자기를 구해 준 기사에게 말했다.

"당신이 내 생명을 구해 주었소."

그는 이렇게 말하고 기사에게 한 손을 내밀었다.

"나는 루시용 후작 가문의 랭보입니다. 기사 지망생이지요."

청색의 기사는 대답하지 않았다. 자기 이름도 말하지 않았고 랭보가 내민 오른손도 잡지 않았고 얼굴도 보여 주지 않았다. 랭보는 얼굴을 붉혔다.

"왜 아무 말도 안 하는 겁니까?"

그러자 그 기사는 말을 돌려 달려가 버렸다.

"기사님! 당신이 내 목숨을 구해 주기는 했지만 이걸 씻을 수 없는 모욕으로 간직할 거요!"

랭보가 소리쳤지만 청색 기사는 어느새 멀어져 갔다.

미지의 구원자에 대한 감사의 마음과 함께 싸우면서 생겨난 무언의 연대감과 예기치 않았던 무례한 행동에 대한 분노와 수수께끼 같은 그 기사에 대한 호기심, 그리고 승리에서 오는 흥분이 가라앉자마자 다른 대상을 향해 표출되려는 분노가 한꺼번에 밀려들었다. 그래서 랭보는 청색 기사를 쫓아가기 위해 박차를 가하면서 소리쳤다.

"네가 누구든 이 모욕을 갚고 말겠다!"

박차를 가하고 또 가했지만 말은 꿈쩍도 하지 않았다. 고삐를 잡아당기자 말의 코가 땅에 처박혔다. 그는 말안장의 앞 고리로 말을 흔들어 보았다. 말은 목마처럼 비틀거렸다. 그래서 랭보는 말에서 내렸다. 말의 주둥이에 덮인 철 보호대를 들고 눈의 흰자위를 보았다. 말은 죽어 있었다. 마구 철판과 철판 사이로 들어간 사라센인의 칼이 단 한 번에 심장을 찔러 버렸던 것이다. 다리와 옆구리에 묶인 철 껍데기들이 그렇게 단단하게 지탱해 주지 않았더라면, 그리고 그곳에 뿌리 박힌 것처럼 서 있지 않았더라면 말은 벌써 얼마 전에 땅에 쓰러지고 말았을 것이다. 랭보는 지금까지 충성스럽게 자기 임무를 다하다가 서서 죽은 용감한 말을 보고 가슴이 아파 잠깐 동안 청색 기사에 대한 분노를 잊어버렸다. 석상처럼 꿈쩍 않고 서 있는 말의 목을 끌어안고 그는 그 차가운 코에 입을 맞추었다. 그러다가 움찔하고는 눈물을 훔치고 일어서서 달렸다.

하지만 어디로 간단 말인가? 그는 숲 속 시냇가에 희미하게 난 오솔길을 따라 달리고 있었는데 주위에 전투 흔적은 보이지 않았다. 미지의 전사의 자취도 사라져 버렸다. 랭보는 되는 대로 앞으로 나가면서 이미 미지의 전사가 달아나 버렸을 것이라고 체념하면서도 이렇게 생각했다.

'그래도 찾을 거다. 이 세상 끝에 있다 해도 찾을 거다!'

격렬한 오전을 보내고 난 지금 그는 갈증 때문에 몹시 괴로웠다. 그는 물을 마시기 위해 개울가로 내려가다가 나뭇가지 흔들리는 소리를 들었다. 무거운 철제 마구들을 모두 벗은 말이 끈으로 느슨하게 개암나무에 묶인 채 풀밭의 풀을 뜯어 먹고 있었다. 그 옆에는 말에서 벗긴 철제 마구들이 놓여 있었다. 두말할 것도 없이 미지의 전사의 말이었다. 그리고 기사도 분명 그 근처 어디엔가 있을 것이다! 랭보는 그를 찾기 위해 갈대 숲으로 뛰어 들어갔다.

개울가로 간 그는 갈댓잎들 사이로 고개를 내밀었다. 전사는 거기 있었다. 머리와 가슴에는 여전히 아무것도 비치지 않는 투구와 갑옷을 입고 있어서 갑각류 같았다. 하지만 허벅지 보호대와 무릎 보호대, 그리고 장딴지 보호대는 벗어 놓은 상태였다. 간단히 말하면 허리 아래쪽에는 아무것도 입지 않았는데, 그 상태로 맨발을 한 채 개울 돌들을 뛰어넘었다.

랭보는 자기 눈을 의심했다. 벗은 아랫도리가 여자였기 때문이다. 노란 솜털이 난 매끄러운 배, 둥그스름한 장밋빛 엉덩이, 길게 쭉 뻗은 처녀의 다리는 분명 여자의 것이었다. 이 반쪽짜리 처녀는 (이제 갑각류처럼 보이는 반쪽은 아까보다 훨씬 더 비인간적이고 표정이 없어 보였다.) 주변을 둘러보더니 적당한 장소를 찾았다. 그리고 물이 조금밖에 흐르지 않는 시냇물 한편에 한쪽 다리를 두고 다른 한쪽은 다른 편에 내려놓더니 무릎을 조금 구부리고 철제 팔꿈치 보호대가 달린 팔로 무릎을 짚고 고개는 앞으로 쭉 빼고 엉덩이를 뒤로 내밀고는 조용히, 그리고 거만하게 소변을 보았다. 그녀는 달처럼 균형이 잡힌 데다가 솜털이 부드럽고 곡선은 유연한 여자였다. 랭보는 곧 그녀를 사랑하게 되었다.

처녀 전사는 시냇물로 들어가 다시 물속에 몸을 담갔다. 그리고 살짝 몸을 떨면서 재빨리 몸을 씻고는 장밋빛 맨발로 가볍게 뛰어나왔다. 바로 그때 그녀는 갈대 사이에 숨어서 자기를 훔쳐보던 랭보를 발견했다.

"슈바이네 훈트!"*

그녀는 이렇게 소리치며 허리춤에서 단검을 꺼내 랭보에게 던졌다. 무기를 완벽하게 다루는 노련한 여전사의 행동이 아니라 너무나 화가 나서 접시든 냄비든 손에 잡히는 물건은 아무거라도 남자의 머리에 내던지며 분노를 터뜨리는 여자의 몸짓이었다.

어쨌든 단검은 랭보의 이마를 아슬아슬하게 비켜 갔다. 부끄러워진 젊은이는 뒤로 물러섰다. 하지만 잠시 후 그는 그녀에게 자기를 다시 소개하고 어떤 식으로든 그녀에 대한 사랑을 알리고 싶어 미칠 지경이었다. 말발굽 소리가 들렸다. 그는 풀밭으로 달려갔다. 말은 없었다. 그녀도 이미 사라져 버린 뒤였다. 해가

---

* "개 같은 놈!"

기울었다. 이제서야 겨우 그는 하루가 모두 지났다는 것을 알 수 있었다.

그는 피곤에 지친 채 걸어서 병영으로 돌아갔는데 행복할 정도로 너무나 많은 일이 그에게 벌어졌기 때문에 정신이 없기도 하고 더욱더 불타오르는 다른 열망들로 이전의 열망을 메울 수 있다는 것을 알고는 너무나 기쁘기도 했다.

"아세요? 전 아버지의 원수를 갚았습니다. 내가 이겼어요. 이소아르는 죽었어요, 내가……." 하지만 정작 하고 싶은 이야기는 따로 있었기 때문에 그는 횡설수설 너무 빠르게 이야기했다.

"내가 두 명을 상대로 싸우고 있었는데 어떤 기사가 와서 나를 도와주었습니다. 그런데 잠시 후 나는 그 기사가 군인이 아니라 여자, 아주 예쁜 여자라는 것을 알게 되었죠. 얼굴은 모르는데 갑옷 위에다가 보랏빛이 도는 긴 청색 겉옷을 입고 있었어요."

"와하하!"

천막에 있던 동료들이 비웃었다. 그들은 멍 든 가슴과 팔에 기름을 열심히 바르고 있었는데, 전투 끝이어서 갑옷들을 들출 때마다 땀 냄새가 진동했다.

"햇병아리, 너 브라다만테와 사귀고 싶은 거지? 브라다만테가 널 좋아한다면 그럴 수 있지! 그런데 브라다만테는 장군들이나 마구간 마부들만 상대한다고! 하늘이 두 쪽 나도 그녀를 손에 넣을 수 없을걸!"

랭보는 더 이상 아무 말도 할 수 없었다. 그는 천막에서 나왔다. 붉은 태양이 지고 있었다. 어제도 지는 해를 보면서 생각했다.

'내일 석양 무렵에 나는 어떻게 되어 있을까? 시련을 겪었을까? 남자가 되었다는 확신을 하게 될까? 땅 위를 걸으면서 내 흔적을 남겼다고 확신할 수 있을까?'

자, 그런데 바로 지금 이 순간이 어제 생각했던 내일의 그 석양 무렵이다. 그런데 처음으로 시련들을 겪었지만 하잘것없었다. 새로운 시련은 힘겹고 예기치 않은 순간에 다가올 것이다. 확실한 것은 그가 그 자리에 있다는 사실뿐이었다. 랭보는 하얀 갑옷의 기사에게 마음을 터놓고 이야기하고 싶었다. 랭보 자신도 그 이유는 알 수 없었지만 하얀 갑옷의 기사 한 사람만이 그를 이해해 줄 것 같았다.

5

내 방 아래는 수녀원 부엌이다. 나는 구리 접시들과 주석 접시들이 달그락달그락 부딪치는 소리를 들으며 글을 쓰고 있다. 부엌일을 맡은 수녀들이 보잘것없는 우리 식당 그릇들을 씻는 중이다. 원장 수녀님은 내게 그들과는 다른 일을 할당해 주셨는데, 바로 이 글을 쓰는 일이다. 하지만 수녀원의 모든 노동은, 오로지 단 하나의 목적, 그러니까 영혼의 건강을 위해 존재한다고 알려졌다. 어제는 전투에 대해서 썼는데 수채통에서 접시들이 부딪치는 소리가 방패와 갑옷에 창이 부딪치는 소리로, 무거운 칼과 투구가 쨍그랑 부딪치는 소리로 들렸다. 옷감 짜는 일을 맡은 수녀들이 베틀 돌리는 소리가 마당 저쪽에서 들려왔는데 그 소리조차 내 귀에는 질주하는 말들의 말발굽 소리로 들렸다. 눈을 지그시 감자 내 귀에 들리는 소리들이 여러 장면으로 바뀌었고 소리없이 다문 내 입술에서 말들로 변했다. 내 펜은 그 말들을 쫓아가기 위해 하얀 종이 위를 열심히 달렸다.

오늘은 몹시 더운 것 같은데, 부엌에서 올라오는 양배추 냄새 때문에 자꾸 게으른 생각만 든다. 그리고 설거지하는 시끄러운 소리 때문에 프랑스 군대 야전 취사장에서 한 발짝도 떠날 수가 없다. 나는 김이 모락모락 나는 큰 통 앞에 줄을 서서 반합들을 계속 덜커덕거리고 숟가락으로 두들겨 대는 전사들을 본다. 그리고 그릇 가장자리에 부딪히는 국자 소리와 텅 빈 통들 밑바닥에 눌어붙은 것을 긁어 대는 소리를 듣는다. 그리고 이런 광경과 양배추 냄새는 노르망디 연대와 부르고뉴 연대와 앙주 연대를 포함한 모든 연대마다 되풀이된다.

　만약 군사력을 그 군대가 내는 소음으로 측정한다면 명성이 자자한 프랑스 군대는 배급 시간 때 최고의 군대로 인정받을 것이다. 소음은 계곡과 평야로 울려퍼져서 마침내는 이교도 군대의 배급 통에서 울려 나오는 똑같은 메아리와 뒤섞인다. 적들도 똑같은 시간에 형편없는 양배추 죽을 들이켜느라 정신이 없다. 어제 전투에서는 그렇게 요란한 소리가 나지 않았다. 마찬가지로 많은 악취를 풍기지도 않았다.

　그러므로 이제 취사장 근처에 있는 내 이야기의 주인공들을 그려 내는 일만 남았다. 큰 통 위로 김이 올라오고 나는 그 김 사이에서 아질울포의 모습을 본다. 양배추 냄새에 무감각한 그는 오베르뉴 연대의 취사 당번들에게 훈계를 하는 중이다. 바로 이때 달려오는 청년 랭보의 모습이 보인다.

　"기사님!"

　계속 숨을 헐떡거리며 랭보가 말했다.

　"드디어 기사님을 찾았군요! 제 이야기 좀 들어 보세요. 저도 이제 용장이 되고 싶습니다! 어제 전투에서 전 복수를 했어요…… 격투가 벌어졌거든요…… 그러다가 저 혼자 적 둘과 싸웠어요……. 그들이 잠복하고 있었던 거죠……. 그러니까 간단히 말씀드리자면 전 이제 어떻게 싸우는 건지 압니다. 전 이제 전투가 벌어지면 제일 위험한 위치에 서고 싶어요……. 아니면 영광스러운 모험을 위해 떠나고 싶습니다……. 우리들의 성스러운 신앙을 위해서지요……. 여인과 병자와 노인과 힘없는 사람들을 구하고 싶어요……. 기사님은 제게 말씀해 주실 수 있겠지요……."

아질울포는 마치 자기 임무 수행을 방해받아 짜증난다는 것을 보여 주기라도 하듯 잠깐 동안 랭보에게 등을 보이고 서 있다가 몸을 돌렸다. 아질울포는 랭보를 향해 몸을 돌리고 세련된 말투로 재빠르게 이야기하기 시작했는데 그 말투에서 그가 자기에게 제시된 문제를 그 자리에서 신속하게 이해하고 능력껏 그 문제를 파헤칠 수 있어서 기뻐한다는 것을 알 수 있었다.

"기사 후보생, 자네 이야기를 들어 보니 자넨 용장이라는 우리 계급이 그저 영광스러운 일만 한다고 생각하는 것 같군. 전투가 벌어지면 부대 선두에 서고 싶고 개인적으로 용감한 모험을 하고 싶다고? 우리의 성스러운 신앙을 보호하는 일이든, 여인이나 노인, 병자를 구하는 일이든 다 하겠다는 말이지? 내가 제대로 이해한 건가?"

"그렇습니다."

"좋아, 사실 자네가 말한 그런 일들은 모두 정예 장교 부대가 특별히 수행해야 할 고유 활동들이다. 하지만……."

이렇게 말하다가 아질울포가 조그맣게 웃었다. 랭보가 하얀 목가리개를 통해 처음 들어 보는 웃음소리였는데 그 웃음소리에는 정중함과 빈정거림이 함께 담겨 있었다.

"……하지만 그런 일들만 하는 것은 아니다. 원한다면 일반 용장들, 일급 용장들, 참모급 용장들의 임무를 자네에게 하나하나 알려 줄 수 있다."

랭보가 아질울포의 말을 가로막았다.

"저는 기사님을 따라다니면서 기사님을 본보기로 삼기만 하면 될 것 같습니다."

"그러니까 자넨 이론보다는 실제 경험을 더 우선시하는군. 그것도 괜찮지. 자, 자네도 보다시피 난 매주 수요일마다 해 왔던 대로 지금, 군대 보급부의 규율에 따라 검사관으로 근무 중이다. 그 자격으로 지금 난 오베르뉴 연대와 푸와티에 연대 취사장을 검사하는 중이다. 자네가 나를 따라다니다 보면 이렇게 세심한 주의를 요구하는 일에도 차츰차츰 익숙해질 거다."

자기가 기대했던 일은 그런 게 아니었기 때문에 랭보는 약간 기분이 상했다. 하지만 방금 자기가 한 말이 거짓이 아님을 보여 주기 위해 아질울포가 하는 행동이나 취사 당번장들과 식품 조달 당번, 설거지 당번들에게 이르는 말을 주의 깊게 듣는 척하면서 이런 일들은 군대에서 용감한 행동에 몸을 던지기 전에 치러야 할 통과의례일 뿐일 거라는 희망을 버리지 않았다.

아질울포는 배당된 식량과 죽의 배급량, 죽이 가득 담긴 반합 수, 큰 통의 내용물을 검사하고 또 검사했다.

"군대를 지휘할 때 가장 어려운 일은 음식이 든 큰 통 하나로 반합을 몇 개 채울 수 있느냐를 계산하는 일이다, 알겠나?"

아질울포가 랭보에게 설명했다.

"어떤 연대에서도 제대로 계산을 안 해. 대체 배급된 음식이 어디로 가 버리는 건지, 장부에 어떻게 기록해야 되는지도 모를 정도로 배급량이 많아지는 경우도 있고 배급량이 줄어들어 병사들이 배를 곯기도 한다. 그러면 곧 부대 내의 불만이 커지는 거야. 사실 군대 취사장마다 빠짐없이 누더기를 걸친 사람들과 불쌍한 노인들과 불구자들이 줄을 서 있지. 남은 음식을 얻어 가려고 온 거야. 하지만 다 알다시피 이 사람들 때문에 너무 어수선해. 그래서 정리를 좀 하기 위해서 내가 각 연대마다 배급 시간에 와서 계속 줄을 서는 가난한 사람들의 실제 이름을 장부에 적어 준비해 두었다. 그러니까 죽이 담긴 반합이 어디로 가는지 정확히 알 수 있을 거야. 자, 이제 자네가 용장으로서의 임무를 실제로 한번 수행해 보라. 장부를 손에 들고 연대 취사장들을 한번 둘러보고 모든 게 제대로 잘 돌아가는지 살펴보고 오도록 해. 그러고 나서 내게 보고해."

랭보는 어떻게 해야 했을까? 거절하고 자신의 명예를 위해 항의해야 했을까, 아니면 그냥 명령에 따라야 했을까? 어리석음 때문에 경력을 망쳐 버릴 위험도 있었다. 그는 취사장을 둘러보러 갔다.

랭보는 별달리 뚜렷한 생각도 없이 싫증이 난 채 돌아왔다.

"아, 예, 제가 보기에는 다 잘되는 것 같았어요."

랭보는 아질울포에게 말했다.

"약간 헷갈리기는 하는데요, 죽을 얻으러 온 저 사람들이 모두 형제인가요?"

"형제라니, 무슨 말이냐?"

"글쎄, 서로 너무 닮아서요……. 아니 서로 구별할 수 없을 정도로 그렇게 똑같이 생겼어요. 연대마다 다른 형제들과 똑같이 생긴 형제가 한 사람씩 있었습니다. 처음에 저는 같은 사람일 거라고 생각했어요. 똑같은 사람이 이 취사장 저 취사장으로 옮겨다닌다고 생각한 겁니다. 그런데 장부를 보니 이름이 다 달랐어요. 보아몰루츠, 카로툰, 발린가치오, 베르텔라……. 그래서 전 상사들에게 물어보고 다시 장부를 조사했습니다. 이름은 항상 일치했어요. 하지만 정말 너무 똑같아서……."

"내가 직접 가서 봐야겠다."

두 사람은 로렌의 병영으로 갔다.

"저기 있습니다. 저 남자예요."

랭보가 마치 누군가 있기라도 하듯 한 곳을 가리켰다. 사실 그곳에는 누군가가 있었다. 하지만 얼핏 보면 빛이 바래고 여기저기 기운 초록색과 노란색 넝마 조각 옷 때문에, 그리고 주근깨투성이에다 삐죽삐죽 난 거친 수염 때문에 흙이나 나뭇잎 색깔과 혼동되어 금방 그를 알아볼 수 없었다.

"구르둘루군!"

"구르둘루라고요? 이름이 또 다른데요! 저 남자를 아세요?"

"이름이 없기도 하고 이 세상 이름을 모두 가질 수도 있는 사내다. 고맙다, 기사 후보생. 자넨 우리 군대의 무질서를 발견했고 거기다 또 내 하인까지 찾아 주었다. 저 사내는 황제 폐하의 명령으로 내 하인이 되었는데 하인이 되자마자 곧 사라져 버렸다"

부대원들 모두에게 배급을 한 로렌의 취사병들은 죽 통을 통째로 구르둘루에게 넘겨주었다.

"자, 받아라, 이거 전부 다 네 죽이다!"

"전부 죽이다!"

구르둘루는 소리치며 창문으로 몸을 내밀고 창턱에 매달리

듯 통 안쪽으로 몸을 구부리며 통에 달라붙었고 그 안에 담긴 아주 귀중한 내용물, 그러니까 죽 통 몸체 여기저기에 눌어붙은 죽을 숟가락으로 긁어 댔다.

"전부 죽이다!"

그의 목소리가 통 안에 울려퍼졌다. 그가 성급하게 몸을 움직이는 순간 통이 뒤집어지고 말았다.

이제 구르둘루는 뒤집힌 통 속에 갇히고 말았다. 숟가락으로 통을 두드리는 소리가 둔중한 종소리처럼 들렸고 그의 목소리가 짐승 소리처럼 울렸다.

"전부 죽이다!"

이제 통은 거북처럼 움직였다. 그러다가 다시 뒤집혀 구르둘루의 모습이 나타났다.

머리부터 발끝까지 온몸에 양배추 죽이 묻어 기름투성이로 얼룩덜룩해진 데다가 그을음까지 묻어 있었다. 죽이 눈 위로 흘러내려 그는 마치 장님이 된 것 같았다. 그래서 그는 소리를 지르며 앞으로 달려나왔다.

"전부 죽이다!"

한 팔은 헤엄을 치듯 앞으로 쭉 내밀었는데 그는 눈과 얼굴을 뒤덮은 죽밖에 볼 수 없었다.

"전부 죽이다!"

숟가락질 몇 번으로 주변 모든 것을 자기에게로 끌어당기려는 듯 한 손에는 숟가락을 움켜쥐고 있었다.

"전부 죽이다!"

랭보는 이런 광경을 보고 너무나 당황해서 머리가 어지러울 지경이었다. 하지만 혐오를 느끼기보다는 여기 이 앞에서 죽 때문에 앞을 제대로 보지도 못하는 저 남자의 말이 맞을지도 모른다는 의심이 더 많이 생겨났다. 그러니까 세상은 모든 것을 분해해 버리고 다른 모든 것들을 뒤덮어 버리는, 형태도 없는 거대한 죽일 뿐일지도 모른다는 생각이 들었다. '난 죽이 되고 싶지 않아요, 도와주세요!' 랭보가 막 이렇게 소리를 치려고 하다가 이런 속물스러운 광경과는 멀리 떨어져 아무 상관도 없다는 듯 무감각하게 팔짱을 끼고 자기 옆에 서 있는 아질울포를 보았다. 랭보는 아질울포가 자신의 불안을 결코 이해해 줄 수 없으리라고 생각했다. 하얀 갑옷의 기사를 볼 때 전해져 오던 고뇌는 구르둘루를 보면서 느끼는 정반대의 새로운 고뇌와 균형을 이루었다. 그리고 이런 식으로 랭보는 자신의 균형을 유지하고 평온을 되찾을 수 있었다.

"왜 저 사람에게 전부 죽이 아니라고 말해 주지 않는 거죠? 왜 이 사라반드*를 멈추지 않는 겁니까?"

그는 목소리에 동요를 나타내지 않으면서 아질울포에게 말할 수 있었다.

"그것을 알 수 있게 해 주는 유일한 방법은 정확한 임무를 부여하는 거다."

아질울포는 이렇게 말하고 구르둘루에게 일렀다.

"넌 우리 프랑스 군대의 왕이시며 신성하신 카롤루스 폐하의 명령에 따라 내 하인이 되었다. 이제 넌 모든 일에서 내 명령을 따라야 한다. 내가 어제 전투의 전사자들을 땅에 묻는 경건한 매장 관리부의 책임을 맡았으니 삽과 괭이를 들고 저쪽 들판

---

* 느린 3박자 춤.

으로 가서 하느님의 인도를 받을 우리 형제들의 세례받은 육체들을 묻어 주자."

그는 랭보에게도 따라오라고 권했는데 이런 일도 세심한 주의를 필요로 하는 용장들의 임무로 간주할 수 있기 때문이었다.

세 사람은 모두 함께 들판을 향해 걸었다. 아질울포는 가볍게 걷고 싶었지만 그의 뜻과는 반대로 가시밭길을 걷는 사람 같았다. 랭보는 눈을 크게 뜨고 주변을 바라보면서 창과 칼 들이 난무하는 가운데 어제 자신이 지나쳤던 그 장소들을 찾아보려고 애를 태웠다. 삽과 괭이를 어깨에 멘 구르둘루는 자기가 얼마나 엄숙한 일을 하러 가는지 전혀 이해하지 못하고 휘파람을 불고 노래를 불렀다.

그들이 언덕을 지나자 어제 혈전이 벌어졌던 평야가 눈앞에 펼쳐졌다. 시체들이 땅을 뒤덮었다. 죽은 이들의 어깨나 얼굴을 발톱으로 움켜쥔 독수리들은 몸을 구부리고 주둥이로 상처 때문에 터진 배 속에서 내장을 뒤졌다.

전투가 끝나자마자 금방 독수리들이 이런 행동을 할 수 있었던 것은 아니다. 전투가 막바지에 이르면 독수리들은 싸움터로 낮게 날아든다. 하지만 싸움터에 흩어진 시체들은 모두 강철 갑옷에 감싸여 있기 때문에 독수리들은 갑옷에 조금도 흠집을 내지 못하면서도 부리로 갑옷을 쫀다. 밤이 되면 반대편 들판에서 시체 도둑들이 소리없이 네 발로 기어서 이곳으로 온다. 그러면 독수리들은 다시 하늘로 날아올라 공중을 선회하며 도둑들의 일이 다 끝나기를 기다린다. 희미하게 새벽이 밝아 오면 알몸의 시체들로 싸움터는 하얗게 빛난다. 독수리들은 다시 내려와 시체를 파먹기 시작한다. 서둘러 먹어야 하는데, 조금만 늦어도 시체 묻는 사람들이 오기 때문이다. 그들은 구더기가 시체를 파먹는 것은 가만 놓아두면서도 유독 새들만은 쫓아 버린다.

아질울포와 랭보는 칼을, 구르둘루는 삽을 휘둘러서 이 검은 불청객을 내몰고 날려 보냈다. 그런 다음 우울한 일을 하기 시작했다. 세 사람은 모두 전사자 한 사람씩을 골라 그의 다리를 잡아 구덩이를 파기 적당한 장소인 언덕 위로 끌고 갔다.

아질울포는 시체를 끌고 가면서 생각한다.

'오, 죽은 자여, 너는 내가 한 번도 가져 본 적이 없고 앞으로도 되지 않을 시체로구나. 다시 말하면 넌 시체로 존재하는 거지. 그러니까 바로 이 때문에 가끔씩 우울한 순간이면 놀랍게도 난 존재하는 인간들을 질투한다. 굉장해! 난 특권을 지녔다고 나 자신에게 말할 수 있어. 육체가 없이도 살 수 있고 모든 일을 할 수 있으니까. 물론 내가 생각하기에 중요한 일들이지. 난 존재하는 사람들보다 수많은 일들을 훨씬 더 잘할 수 있어. 그들에게서 흔히 보이는 조잡함이나 부주의함이나 지리멸렬함 같은 결함 없이, 악취를 풍기는 일 없이 말이야. 존재하는 사람들은 어떤 특별한 흔적을 남길 수 있지만 나는 결코 그럴 수 없는 것도 사실이야. 하지만 존재하는 사람들의 비밀이 바로 여기, 이 자루 같은 배 속에 있다면, 고맙지만 난 그 배 없이 살겠어. 여기저기 찢긴 알몸의 육체들로 뒤덮인 이 계곡은 그래도 아수라장 같은 인간 세상보다는 덜 끔찍하군.'

구르둘루는 시체를 끌고 가면서 생각한다.

'시체야, 넌 내 방귀보다 훨씬 더 고약한 방귀를 뀌었겠지. 왜 모두들 너를 불쌍하게 생각하는지 모르겠어. 네게 부족한 게 뭐 있어? 처음에는 네가 네 몸을 움직였지만 이제는 네 몸에서 자라는 이 구더기들이 너 대신 움직이잖아. 예전엔 네 손톱과 머리카락들이 자랐지. 이제 네 몸에서 물이 흘러나와 거름이 되어 풀밭의 풀들이 햇볕을 받으며 점점 더 잘 자랄 수 있게 해 줄 거야. 넌 풀이 되고 풀을 먹은 젖소의 우유가 되고 우유를 마실 어린아이의 피가 될 수 있어. 봐, 나보다 훨씬 더 멋지게 살 수 있지, 시체야?'

랭보는 시체를 끌고 가면서 생각한다.

'오, 망자여. 내게 발목을 잡혀 끌려가는 당신처럼 나도 누군가에게 발목을 맡기고 끌려가기 위해 달리고 또 달려 여기에 이른 것 같습니다. 부릅뜬 당신의 눈과 바위에 부딪혀 뒤틀린 당신의 머리가 놓인 곳에서 바라본 이 광기, 나를 몰아치는 이 광기와, 전투와 사랑에 대한 갈망은 대체 무엇입니까? 난 그것을 생각합니다. 망자여, 당신 때문에 난 이런 것을 생각합니다. 그런다고 뭐가 변하겠습니까? 아무것도 변하지 않습니다. 살아 있는 우리들에게나 죽은 당신들에게나 무덤에 가기 전의 이 하루하루가 존재할 뿐입니다. 그날들을 낭비하지 말라고, 내가 존재한다는 것, 존재할 수 있다는 것을 조금도 헛되이 생각하지 말라고 그런 날들이 내게 주어졌을 겁니다. 프랑스군을 위해 뛰어난 행동을 하라고, 자존심이 강한 브라다만테를 가슴에 안고 또 그녀에게 안기라고 그런 날들이 주어졌을 겁니다. 망자여, 당신 생애가 그다지 불행하지 않았길 바랍니다. 어쨌든 당신의 주사위는 던져졌습니다. 내 주사위는 아직도 요술 주머니 속에서 소용돌이칩니다. 망자여, 난 당신의 평화보다는 나의 불안을 사랑합니다.'

구르둘루는 노래를 부르며 시체 묻을 구덩이를 팠다. 구덩이

크기를 재기 위해 시체를 땅 위에 눕혀 놓은 다음 삽으로 선을 표시하고 시체를 다른 곳으로 옮기고 힘차게 땅을 파기 시작했다.

"시체야, 그렇게 기다리려면 지루할 것 같구나."

그러더니 구르둘루는 시체가 구덩이를 파는 자기를 내려다볼 수 있도록 시체를 옆으로 눕혀 구덩이 쪽을 보게 했다.

"시체야, 그런데 너도 삽질 몇 번 정도는 할 수 있겠지."

구르둘루는 시체를 똑바로 세우고 시체의 손에 삽을 쥐어 줘 보려고 애썼다. 삽이 떨어졌다.

"됐어. 넌 할 수 없구나. 땅을 파는 건 내가 할 테니 넌 나중에 구덩이를 메우기나 해라."

구르둘루가 구덩이를 다 팠다. 하지만 괭이질을 엉망으로 했기 때문에 구덩이는 삐뚤삐뚤했고 바닥도 움푹 들어갔다. 이제 구르둘루는 시험을 해 보고 싶었다. 그래서 구덩이로 내려가 거기에 누웠다.

"아, 정말 좋군. 여기선 누구라도 편히 쉴 수 있겠어! 흙이 정말 부드러운데! 돌아눕기도 아주 좋은데! 시체야, 이리 내려와서 내가 너를 위해 판 이 구덩이가 얼마나 멋진지 한번 봐라!"

그러다가 그는 잠시 생각했다.

"그런데 네가 구덩이를 다시 메우기로 아까 합의를 했으니까 난 여기 아래에 있고 네가 삽으로 흙을 내게 던지는 게 나을 것 같구나."

구르둘루는 그대로 잠시 기다렸다.

"흙을 던져! 빨리! 뭘 망설이는 거야? 그렇지!"

그는 구덩이에 누워서 삽을 들어 흙이 아래로 떨어지게 했다.

흙더미가 모두 그에게 허물어져 내렸다.

아질울포와 랭보는 가느다란 비명 소리를 들었는데 두 사람
다 그 소리가 놀라서 지르는 비명인지, 시체를 너무나 잘 묻어
만족스러워 지르는 감탄의 소리인지 구별할 수가 없었다. 두 사
람은 구르둘루가 질식해 죽기 일보직전에 온통 흙에 뒤덮인 그
를 구덩이에서 끌어낼 수 있었다.

기사가 살펴보니 구르둘루는 엉망진창으로 구덩이를 파 놓았
고 랭보가 해 놓은 일도 별로 흡족하지는 않았다. 그 두 사람과
는 달리 기사는 양쪽 오솔길과 평행을 이루도록 장방형 구덩이
테두리를 표시해서 작은 묘지들을 모두 그려 놓았다.

저녁이 되어 병영으로 돌아올 때 그들은 숲 속 빈터를 지났
다. 프랑스 군대 목수들이 거기서 전투용 기계에 사용할 나무
몸통과 불 피울 때 쓸 장작을 장만하고 있었다.

"구르둘루, 뗄감을 마련해라."

하지만 구르둘루는 아무렇게나 도끼질을 하고 마른 나뭇가지
와 생나무 가지, 이제 막 새순이 난 공작 고사리들과 철쭉나무
와 이끼가 뒤덮인 나무 껍질들을 함께 묶어 나뭇단을 만들었다.

기사는 도끼질하는 목수들을 감독하고 목수들의 연장과 나
무 더미들을 조사했다. 그리고 목재들을 준비하는 용장의 임무
가 어떤 것인지 랭보에게 설명했다. 하지만 랭보는 기사의 이야
기를 귀담아 듣지 않았다. 아까부터 계속 한 가지 질문이 그의
목구멍에 걸려 있었다. 이제 아질울포와 산책이 거의 다 끝나가
는데도 그는 아직 그 말을 꺼내지 못했다.

"기사님!"

랭보는 설명하는 아질울포의 말을 가로막았다.

"왜 그러지?"

아질울포는 도끼들을 만지면서 물었다.

젊은이는 무슨 말부터 시작해야 좋을지 몰랐다. 그리고 그의 마음을 다 차지해 버린 문제를 에둘러 말할 줄도 몰랐다.

"브라다만테를 아십니까?"

그 이름을 듣자 아무렇게나 묶은 나뭇단 하나를 가슴에 안고 이쪽으로 다가오던 구르둘루가 펄쩍 뛰었다. 그 바람에 잔가지들과 꽃이 핀 가지들과 노간주 나무 열매들과 쥐똥나무 가지들이 공중으로 흩어졌다.

아질울포는 예리한 쌍날 도끼를 손에 들었다. 그는 도끼를 움켜쥐더니 앞으로 몇 발짝 뛰어나가 떡갈나무를 향해 던졌다. 쌍날 도끼는 나무 몸통을 관통해 정확하게 베었지만 그 일격이 너무나 정확했기 때문에 나무는 마치 잘리지 않은 것처럼 그냥 꼿꼿이 서 있었다.

"왜 그러십니까, 기사님?"

아질울포의 갑작스러운 행동에 소스라치게 놀란 랭보가 소리쳤다.

"무슨 일이 생긴 겁니까?"

아질울포는 이제 팔짱을 끼고서 나무둥치 둘레를 자세히 살펴보았다.

"봤지? 정확한 일격이었어. 나무둥치가 조금도 흔들리지 않았지. 얼마나 똑바로 잘렸는지 한번 봐라."

6

내가 맡은 이 이야기를 써 나가는 일이 생각보다 훨씬 더 힘
들다. 지금, 종교 서원과 수녀원이라는 환경과 나의 천성적 수줍
음 때문에 여태 피해 왔던, 인간이 지닌 가장 어리석은 광기라
할 수 있는 사랑의 열정을 이야기해야만 한다. 사랑에 대한 이야
기를 한 번도 들어 본 적 없다고 말하는 게 아니다. 아니 오히려
수녀원에서는 유혹에서 우리를 지키기 위해 가끔씩 우리의 막
연한 생각에 따라 사랑에 관한 이야기를 하기도 한다. 그리고 특
히 가련한 우리 수녀들 가운데 어떤 수녀가 경험이 없어 임신을
하거나 신을 두려워하지 않는 힘센 사람에게 납치되었다가 돌아
와 그간 벌어졌던 일을 우리에게 들려줄 때 그런 이야기들이 나
온다. 그러므로 전쟁에 대해서 이야기할 때와 마찬가지로 사랑
에 대해서 이야기할 때에도 나는 대부분 내가 상상할 수 있는
것들을 이야기할 것이다. 이야기를 쓰는 기술이란 사람들이 아
무것도 존재하지 않는다고 생각하는 삶에서 이런저런 것들을

끌어낼 줄 아는 능력과 같다. 하지만 이야기가 끝난 뒤 삶이 다시 시작되면 사람들은 자신들이 아는 게 아무것도 없다는 사실만을 깨닫는다.

브라다만테는 삶에 대해 다른 사람들보다 더 많이 알고 있었을까? 여전사로 살아 본 뒤 그녀의 영혼에는 불만이 깊이 파고들었다. 그녀가 여전사의 삶을 시작한 것은 엄격하고 정확하고 엄밀하고 도덕 규범에 상응하는 것, 무기나 말을 다룰 때의 아주 정확한 움직임과 비슷한 모든 것을 사랑했기 때문이다. 하지만 그녀 주변은 어떤가? 땀에 전 남자들은 느릿느릿 대충대충 전투를 하고 근무시간이 끝나기가 무섭게 술독에 빠지거나 밤에 혹시 브라다만테가 자기들 중 누군가를 그녀의 천막으로 데려갈 결심이라도 하지 않을까 그녀 뒤를 얼간이같이 졸졸 따라다녔다. 잘 알다시피 기사도 정신이란 대단한 것이기는 하지만 기사들은, 그들이 따르겠다고 맹세했던 성스러운 규율, 너무나 분명하게 규정되어 힘들여 다른 생각을 할 필요조차 없는 규율 내에서 그 규율만을 대충 준수하면서, 결과야 어찌돼든 대강대강 위대한 무훈을 세우는 데 길든 얼간이들이었다. 전쟁이란 그렇게 약간은 피비린내 나고 약간은 판에 박힌 것이어서 세심하게 주의해야 할 일이 별로 많지 않았다.

브라다만테도 근본적으로 그들과 다를 게 하나도 없었다. 어쩌면 머릿속으로 엄격함과 정확함을 그렇게 갈망하는 것은 아마도 자신의 본성과 정반대이기 때문인지도 몰랐다. 예를 들어 프랑스군 전체에서 가장 게으른 사람을 꼽으라면 그녀를 빼 놓을 수 없을 것이다. 그녀의 천막 하나만 이야기해 봐도, 병영을 통틀어 가장 지저분한 천막은 바로 그녀의 천막이었다. 불쌍한 남자들이 빨래를 하고 옷을 깁고 바닥을 쓸고 쓸데없는 물건을 치우는 등, 소위 여자들이 하는 일이라고 생각되는 일들을 열심히 하는 동안 공주로 자란 그녀는 손 하나 까딱하지 않았다. 언제나 연대 주변을 맴도는 늙은 세탁부들이나 식모들이 없었다면—그녀들은 하나같이 뚱쟁이들이었다.—그녀의 천막은 돼지우리보다 더 지저분했을 것이다. 어쨌든 그녀는 천막 안에 가만히 있어 본 적이 없었다. 그녀의 하루는 갑옷을 입고 말에 올라타면서 시작되었다. 사실 갑옷과 무기를 걸치자마자 그녀는 딴사람이 되었다. 그녀의 갑옷은 투구 끝에서 정강이 보호대까지 반짝반짝 빛났고 언제나 새것 같은 완벽한 갑옷 각 부분들과 보랏빛 도는 청색 장식 깃털이 그 모양을 뽐냈다. 하지만 만약 하나라도 제대로 되어 있지 않으면 야단이 났다. 전쟁터에서 가장 눈부신 전사가 되고자 하는 그녀의 의지는 여자의 허영으로만 생각할 수 없었는데 그것은 용장들에게 계속 도전하고 그들보다 낫다는 것을 보여 주고 대담하게 행동하는 것으로 표현되었다. 그녀는 아군 전사나 적군 전사들이 완벽하게 무기를 간수하고 다루기를 바랐는데 이런 완벽성은 바로 영혼의 완벽성을 나타내는 표시라고 생각했다. 만약 그런 기대에 부응하는 듯 보이는 전사를 만나면 강한 사랑을 갈망하는 여자의 모습이 그녀 속에서 잠을 깨고 일어났다. 여기서 다시 한 번 엄격함에 대한 그녀의 이상들이 완전히 거짓임이 밝혀진다. 그녀는 부드럽기도 하고 격렬하기도 한 사랑에 빠진 여인이 된다. 하지만 그 남자가 그 길로 그녀를 쫓아오고 완전히 자기 자신을 포기하고 자제력마저 잃어버리면 그녀의 사랑은 금방 식어 버리고 그녀는 다시 강철 같은 성격을 되찾을 것이다. 그러나 그녀가 원하는 그런 남자를 어디서 찾을 수 있을까? 기독교 군대 전사들이나 이교도 군대 전사들 중 그녀를 능가하는 전사는 한 명도 없었다. 그녀는 전사들의 허약함과 어리석음을 모두 다 알고 있었다.

브라다만테가 자기 천막 앞 빈터에서 활쏘기 연습을 하고 있을 때 그녀를 마음속으로 그리며 찾아다니던 랭보가 처음으로 그녀의 얼굴을 정면에서 보았다. 그녀는 짧은 튜닉을 입고 있었다. 살이 그대로 드러난 팔로 활을 당기고 있었는데 그러느라 긴장을 해서 얼굴이 약간 어두웠다. 목 근처에서 묶은 머리는 길게 아래로 흩어져 내렸다. 하지만 랭보는 어느 한곳에 시선을 멈추고 자세히 살펴볼 수가 없었다. 그는 그저 여자를, 그녀의 몸과 색깔들을 보았다. 지금까지 한 번도 얼굴을 제대로 보지 못한 채 절망적으로 갈망해 왔던 그 여자가 틀림없었다. 그리고 이제 랭보에게 그녀는 다른 여자가 될 수 없었다.

화살이 시위를 떠나 벌써 세 화살이 꽂힌 과녁을 정확히 맞추었다.

"당신과 활쏘기를 겨루겠소!"

랭보가 그녀를 향해 달려가면서 말했다.

젊은이는 그렇게 언제나 여자를 향해 달린다. 하지만 그를 떠민 게 정말 그녀에 대한 사랑일까? 혹시 그를 떠민 건 자기 자신에 대한 사랑 아닐까? 여인만이 그에게 줄 수 있는 존재의 확실성을 찾는 것은 아닐까? 자신에 대한 확신이 없고 행복하기도 하고 절망적이기도 한 젊은이는 달려가서 사랑에 빠진다. 그에게 여자란 분명 여기에 존재하는 사람이며 그녀만이 그의 존재를 확인해 줄 수 있다. 하지만 그 여자 역시 존재하기도 하고 존재하지 않기도 한다. 젊은이 앞에 있는 그 여자도 불안에 떨며 자신에 대한 확신이 없다. 그 사실을 이해하지 못한 젊은이는 어떻게 할까? 두 사람 중 누가 힘이 세고 누가 약한지가 중요할까? 둘은 비슷하다. 하지만 젊은이는 알고 싶어 하지 않기 때문에 그 사실을 알 수 없다. 그가 갈망하는 그녀는 존재하는 여자이고 분명한 여자다. 하지만 그녀는 그보다 많은 것을 안다. 아니 더 적을지도 모른다. 어쨌든 그녀는 그가 아는 것과는 다른 것들을 알고 있다. 지금 그녀가 찾는 것은 다른 존재 방식이다. 그들은 함께 활쏘기를 겨룬다. 그녀는 그에게 소리를 치고 그를 무시한다. 그녀가 그러는 건 시합 때문이라는 것을 그는 모른다. 주위에는 프랑스군 용장들이 모여 있고 깃발들이 바람에 나부끼며 말들이 줄을 서서 드디어 여물을 먹고 있다. 하인들이 용장들의 식사를 준비한다. 용장들은 점심 시간을 기다리면서 청년과 활을 쏘는 브라다만테를 구경하기 위해 그 주위에 무리 지어 모여 있다. 브라다만테가 말한다.

"과녁을 맞추기는 하는데 항상 우연이 좌우하는군요."

"우연이라고요? 난 화살 하나 잘못 쏘지 않았어요!"

"화살 백 개가 과녁을 맞춘다 해도 우연일걸요!"

"그렇다면 어떻게 해야 우연이 아니지요? 우연에 의하지 않고 과녁을 맞출 사람이 대체 어디 있단 말이오?"

병영 가장자리로 아질울포가 천천히 지나가고 있었다. 하얀 갑옷 위에 긴 검은색 망토를 걸치고 있었다. 그는 다른 이들의 시선을 피하고 싶지만 다른 사람의 눈에 자신이 어떻게 보이는지는 알고 있는 사람처럼, 그리고 지금 벌어지는 일에 조금도 관심이 없다는 것을 보여 줘야만 한다고 생각하는 사람처럼 걸었다. 물론 그도 관심이 있기는 하지만 다른 사람들이 생각하는 것과는 다른 관심이었다.

"기사님, 이리로 오셔서 어떻게 하는 건지 좀 보여 주세요."

이제 브라다만테의 목소리는 보통 때처럼 거만하지 않았고 태도도 거칠지 않았다. 그녀는 아질울포 쪽으로 두어 걸음 나가더니 이미 화살을 메겨 놓은 활을 그에게 내밀었다.

아질울포는 천천히 다가와 활을 잡고 망토를 뒤로 젖힌 다음 한 발은 앞으로, 또 한 발은 뒤에 갖다 놓고 두 팔과 활을 앞으로 내밀었다. 그의 움직임들은 목표를 맞추려고 애쓰는 근육과 신경 조직들의 움직임이 아니었다. 그는 자신이 원하는 대로 질서 있게 힘을 사용했고 보이지 않는 과녁 선에 화살 끝을 맞추고 활을 아주 조금 움직인 다음 쏘았다. 화살이 과녁에 맞지 않을 수가 없었다. 브라다만테가 소리쳤다.

"이게 바로 활 쏘는 것이지!"

아질울포는 그런 말에 전혀 신경 쓰지 않았다. 그는 움직임 없는 철 장갑으로 아직도 떨리는 활을 쥐고 있었다. 잠시 후 그는 활을 떨어뜨렸다. 망토가 몸을 가릴 수 있도록 두 손으로 가슴 부근 망토를 움켜쥐어 그 속으로 몸을 감추었다. 그리고 멀어져 갔다. 그는 할 말이 없었고 아무 말도 하지 않았다.

브라다만테는 활을 주워 올리더니 단단한 두 팔로 활을 들고 어깨 위의 꽁지 머리를 흔들었다.

"누가, 어떤 사람이 이렇게 정확히 활을 쏠 수 있어? 누가 저분처럼 이렇게 정확하고 완벽하게 모든 행동을 할 수 있어?"

브라다만테는 그렇게 말하더니 풀이 난 흙덩이를 발로 차고 말뚝 울타리에 대고 자신의 화살들을 부러뜨려 버렸다. 아질울포는 뒤도 돌아보지 않은 채 벌써 멀어져 갔다. 무지갯빛 장식 깃털이 앞으로 수그러져 있었는데, 꼭 두 주먹을 앞으로 모아 쥐고 고개를 숙인 채 검은 망토를 끌며 걷는 것 같았다.

주위에 모여 있던 전사들 중 어떤 사람은 브라다만테가 미쳐 날뛰는 광경을 구경하려고 풀밭에 앉았다.

"아질울포에게 빠져 버린 후엔 불쌍하게도 안정을 찾지 못하는군……"

"뭐라고요? 지금 뭐라고 하셨지요?"

지나가는 말을 들은 랭보가 그 말을 한 사람의 팔을 붙잡았다.

"이봐, 햇병아리, 너 우리 여장부에게 가슴이 잔뜩 부풀었구나! 이제 브라다만테는 속이고 겉이고 깨끗한 갑옷만 좋아한다니까! 브라다만테가 아질울포에게 홀딱 반한 걸 몰랐나?"

"하지만 어떻게 그럴 수가 있죠……. 아질울포…… 브라다만테…… 어떻게 그럴 수가?"

"그녀가 존재하는 남자들에 대한 희망을 모두 버렸으니까 남은 희망이라고는 전혀 존재하지 않는 남자에 대한 것밖에 더 있겠나……"

이제 랭보는 의심이 생기거나 절망의 순간이 닥칠 때마다 자연스럽게 하얀 갑옷을 찾아가고 싶은 마음이 들었다. 지금도 그런 심정이었지만 하얀 갑옷에게 조언을 구해야 하는 건지, 그를 경쟁자로 생각해야 하는 건지 아직 알 수가 없었다.

"헤이, 금발, 그런데 아질울포는 잠자리에서 약간 가볍지 않을까?"

동료들이 브라다만테의 이름 대신 별명을 불렀다. 브라다만테는 아주 슬프고 기운이 없어 보였다. 예전 같으면 동료들이 감히 이런 어투로 그녀에게 말할 엄두도 내지 못했으리라.

"어디 말 좀 해 봐, 그 기사의 옷을 다 벗긴 다음엔 어디를 붙잡을 거지?"

주제넘은 남자들이 계속 지껄였다.

랭보는 브라다만테와 기사에 대한 그런 이야기들을 들으며 이중의 고통을 느꼈으며 자기는 그런 이야기와 아무런 관계도 없으며 아무도 그런 문제와 자기를 연결하지 않는다는 사실을 알고서 분노했다. 이런 감정들은 절망적으로 서로 뒤섞였다.

브라다만테가 채찍을 손에 들고 허공으로 휘둘러서 호기심을 품고 모여 있던 사람들이 뿔뿔이 흩어졌다. 랭보도 그런 사람들 중 하나였다.

"어떤 남자든 그 사람이 꼭 해야 할 일이 있으면 난 그 일을 하게 만들 수 있는 여자야, 못 믿겠어?"

남자들은 소리를 지르며 달아났다.

"으악! 으악! 우리가 뭐든 그에게 빌려줄 게 있으면 네가 주저하지 말고 우리에게 이야기해 줘!"

랭보는 다른 사람들에게 떠밀려서 뿔뿔이 흩어지는 할 일 없는 전사들의 뒤를 따랐다. 브라다만테에게 다시 돌아가고 싶은 마음도 이제 생기지 않았다. 그리고 아질울포를 따라다니는 것도 마음이 편할 것 같지가 않았다. 랭보는 우연히 콘월 공작 가문의 차남인 토리스먼드라는 젊은이와 함께 걷게 되었다. 그 젊은이는 휘파람을 불면서 땅을 쳐다보며 우울하게 걸었다. 랭보는 낯선 이 젊은이와 함께 계속 걸었다. 그는 누구에게든 마음을 터놓고 이야기를 하고 싶었기 때문에 젊은이에게 말을 걸었다.

"난 여기 온 지 얼마 되지 않았어. 잘 모르겠어. 내가 생각했던 것과는 너무나 달라. 모든 게 달아나 버려서 아무것도 손에 잡히지 않고 이해할 수도 없어."

토리스먼드는 눈을 들지 않았다. 그저 잠깐 우울하게 불어 대던 휘파람을 멈췄을 뿐이다. 그가 말했다.

"모든 게 혐오스러울 뿐이다."

"이봐. 난 그렇게 비관적으로 생각하지는 않아. 내 가슴이 열의로 꽉 찬 걸 느끼는 순간이 있어. 진심으로 감탄할 때도 있지. 그러면 마침내 모든 것을 이해할 수 있을 것 같아서 나 자신에게 이렇게 말해. 내가 지금 세상일들을 바라보기에 가장 적당한 지점을 찾았다면, 프랑스 군대의 전투라는 게 이렇다면, 이것이 정말 내가 그동안 꿈꾸어 오던 것인지도 모른다고. 그런데 넌 확실한 건 아무것도 없다고 생각하는 것 같구나……."

"그러면 네가 확실하다고 생각하는 건 뭔데?"

토리스먼드가 랭보의 말을 가로막고 말했다.

"훈장, 계급, 행진, 이름…… 이런 건 모두 겉으로 보여 주기 위한 것일 뿐이야. 문장과 제명(題銘)이 적힌 용장들의 방패는 철이 아니라 종이로 만들어졌어. 손가락 하나만으로도 뚫어 버릴 수 있다니까."

그들은 연못에 이르렀다. 개구리들이 개골개골 울면서 연못가 돌 위에서 펄쩍 뛰었다. 토리스먼드는 병영 쪽으로 몸을 돌리더니 모두 다 지워 버리고 싶은 것 같은 몸짓으로 말뚝 울타리 위로 높이 솟은 깃발들을 가리켰다.

"하지만 황제의 군대는……."

랭보가 반박했다. 그가 토해 내려던 괴로움은 지금 다른 젊은

이의 부정적인 분노에 억눌려 버렸다. 그래서 랭보는 균형 감각을 잃지 않고 자신의 아픔들이 정당한 자리를 되찾을 수 있게 하려고 애썼다.

"하지만 황제 군대는 성스러운 동기를 위해 계속 싸우고 이교도들에게서 기독교 세계를 보호하려고 애쓴다는 걸 인정해야 해."

"방어도 공격도 없어. 아무것도 의미 없어. 아마 전쟁은 몇 세기 동안 계속될 거야. 승리하는 사람도 패배하는 사람도 없을 거야. 우리는 영원히 적과 마주한 채 꼼짝도 할 수 없을 거야. 상대가 없다면 아무 일도 일어나지 않겠지. 우리나 적들이나 양쪽 다 서로 왜 싸우는지 모두 잊어버렸어…… 이 개구리 소리 들리지? 우리가 하는 일에는 개구리들이 개골개골 울고 물에서 연못가로, 연못가에서 물로 뛰어드는 만큼의 의미와 질서밖에 없어……."

"내 생각은 그렇지 않아. 아니 내가 보기에는 모두 너무 잘 정리되어 있고 질서정연한 것 같아…… 난 덕성과 용기를 보았는데 모든 것이 아주 차가웠어. 네게 고백하는데, 존재하지 않는 기사가 있다는 게 난 두려워…… 하지만 난 그에게 감탄했는데 그 사람은 모든 일을 완벽하게 해내고 존재하는 사람보다도 더 신뢰할 수 있어. 그리고 거의……."

랭보는 이렇게 말하다가 얼굴을 붉혔다.

"난 브라다만테를 이해할 수 있을 것 같아…… 아질울포는 분명 우리 군대 최고의 기사야."

"푸하!"

"뭐라고? 푸하라고?"

"그도 역시 조립품일 뿐이야. 다른 사람보다 더 나쁘지."

"너 대체 무슨 말 하는 거니, 조립품이라니? 그의 행동은 모두 진실해."

"천만에! 모두 꾸며 낸 거야……. 그는 존재하지 않아. 그가 하는 행동도 말도 아무것도, 아무것도 존재하지 않아……."

"하지만 다른 사람들보다 훨씬 더 불리한 그런 조건에서 어떻게 그런 지위를 맡아 군대에 복무할 수 있었던 거지? 오로지 그의 이름만으로?"

토리스먼드는 잠깐 아무 말이 없었다. 그러다가 천천히 입을 열었다.

"이름들도 모두 가짜야. 내가 마음만 먹으면 모두 물거품으로 만들 수 있어. 두 발을 디딜 땅도 남겨 놓지 않고 말이야."

"그때 무사할 사람이 아무도 없단 말이니?"

"아마 그럴걸. 하지만 여기 말고 다른 곳에는 있어."

"누군데? 어디 있는데?"

"성배 기사단이야."

"그런데 그 기사들이 어디 있지?"

"스코틀랜드의 숲 속에."

"넌 그 기사들을 봤니?"

"아니."

"그런데 어떻게 그들에 대해서 알지?"

"그냥 알아."

그들은 입을 다물었다. 개구리 울음소리만 들려왔다. 랭보는 그 개구리 울음소리가 모든 것을 압도하고, 자기마저도 맹목적으로 움직이는 끈적끈적한 초록 아가미들 속으로 빨려 들어갈 것 같은 두려움에 사로잡혔다. 하지만 그는 브라다만테를, 그녀가 칼을 높이 들고 싸움터에 나타나던 모습을 떠올렸다. 그러자 모든 절망감들이 어느새 사라져 버렸다. 그는 브라다만테의 에메랄드빛 눈동자가 지켜보는 가운데 전투를 하고 무훈을 세울 날만을 애타게 기다렸다.

7

여기 이 수녀원에서는 수녀들 각자에게 각자의 죄를 참회하고 영원한 구원을 얻을 수 있는 방법이 주어진다. 내게 주어진 것은 이 글을 쓰는 일이다. 너무나 힘든 일이다. 밖은 한여름이고 떠드는 소리와 물 흐르는 소리가 계곡에서 들려온다. 내 방은 높은 곳에 자리 잡고 있어서 굽은 강과 그 강물에서 옷을 벗고 수영하는 시골 청년들을 창문으로 볼 수 있다. 그리고 조금 더 내려가 버드나무 가지들 뒤로 마을 처녀들이 보이는데 그녀들 역시 옷을 벗고 수영하러 강물로 들어간다. 물속에서 헤엄을 치던 한 청년이 물 위로 솟아나와 처녀들을 구경하고 처녀들은 소리를 지르며 그를 가리킨다. 나도 내 또래 젊은이들과 하녀와 하인 들과 즐겁게 무리 지어 저 강에 있을 수 있으리라. 하지만 우리들의 성스러운 소명 때문에 우리는 쇠락해 가는 세상의 즐거움보다는 그 후에 남을 그 어떤 것을 더 중요하게 여겨야 한다. 그 후에 남을 것⋯⋯. 이 책도, 우리가 잿빛 마음으로 행했던 경건한 행동들도 아직 재가 되지는 않았지만…… 만약 삶 때문에 불안에 떠는 젊은이들이 강물 속에서 보여 주는 육감적인 행동들, 물 위에 그려지는 둥근 원처럼 퍼져 나가는 그 육감적인 행동들보다도 더 시커먼 재가 된다면…… 어떤 사람이 아주 열심히 글을 쓰기 시작한다. 하지만 펜이 먼지에 뒤덮인 잉크만 찍어 대는 시간이 찾아오고 그가 쓴 글에서는 삶이 조금도 흐르지 않는다. 삶은 모두 밖에, 창문 너머에, 글을 쓰는 사람 외부에 있다. 그래서 글을 쓰는 사람은 자신이 써 놓은 글 속으로 몸을 숨길 수도 없고 다른 세계를 열 수도 없고 삶과 글의 간극을 메울 수도 없을 것 같다. 어쩌면 그게 더 나을지도 모른다. 글을 쓰는 사람이 즐겁게 글을 쓴다면 그것은 기적이나 은총 때문이 아니라 죄악과 우상화와 오만함의 결과다. 그러면 나는 그런 것들에서 벗어났을까? 아니다, 난 글을 쓰면서 선한 사람으로 변하지 못했다. 나는 그저 불안하고 별 의식 없는 젊음을 약간 소모했을 뿐이다. 이렇게 마음에 들지 않는 글들이 내게 무슨 가치가 있을까? 책과 서원에는 사람들이 생각하는 것만큼의 가치가 없을 수도 있다. 글을 쓰는 사람이 글을 쓰면서 자신의 영혼을 구원할 수 있다고 말할 수 없다. 그는 글을 쓰고 또 쓴다. 그러는 사이 이미 그의 영혼은 사라져 버리고 없다.

그런데 여러분들은 내가 원장 수녀님을 찾아가서 내 일을 바꿔 달라고, 물을 길러 우물에 가거나 실을 자으러 가거나 콩 껍질을 벗기러 가게 해 달라고 간청하는 게 좋을 것이라고 생각하는가? 소용없다. 나는 내 의무에 따라 할 수 있는 한 최선을 다해 글쓰는 수녀의 일을 계속할 것이다. 이제 난 용장들의 연회를 이야기하려고 한다.

황제로서 체통을 지켜야 했지만 카롤루스 대제는 연회가 시작되기도 전에 식탁에 가서 앉았다. 아직 다른 손님들은 한 명도 오지 않았다. 그는 자리에 앉아 빵이나 치즈나 올리브나 고추 같은 것들, 간단히 말해 식탁 위에 차려 놓은 음식들을 모두 조금씩 떠먹는다. 뿐만 아니라 손으로 집어 먹기도 한다. 절대 권력을 소유하면 제 아무리 자제력이 뛰어난 군주일지라도 가끔 제어력을 잃고 제멋대로 행동한다.

멋진 연회복을 차려입은 용장들이 하나둘 도착했다. 연회복을 입고 있긴 했지만 레이스와 수놓은 비단 사이로 여전히 쇠사슬 갑옷이 보였다. 하지만 쇠사슬이 아주 성기었고 거울처럼 반짝거리기는 했지만 산책용 갑옷이어서 칼로 한 번 치기만 해도 산산조각이 날 것 같았다. 먼저 롤랑이 삼촌인 카롤루스 대제의 오른쪽에 가 앉았고 그다음으로는 몬탈바노의 리날도, 아스톨포, 베이욘의 앙줄린, 노르망디의 리샤르와 다른 용장들이 앉았다.

아질울포는 여전히 얼룩 하나 없는 전투용 갑옷을 입은 채 식탁 맨 끝에 가서 앉았다. 한 번도 식욕을 느껴 본 적 없고 느낄 수도 없는 데다가, 음식으로 채워야 할 배도 없고 포크를 가져가야 할 입도 없고 보르도산 포도주로 적셔 줄 입천장도 없는 그가 식탁에는 무엇 때문에 와서 앉은 것일까? 그는 몇 시간씩 계속되는 이런 연회에 단 한 번도 빠진 적이 없었다. 물론 그는 이런 시간들을 자기 임무와 관련된 일에 훨씬 더 유용하게 사용할 수 있었다. 하지만 그에게도 역시 다른 용장들처럼 황제의 식탁에 앉을 권리가 있었기 때문에 자기 자리에 앉은 것이다. 그리고 하루 일과 중 다른 의식들을 행할 때와 똑같이 세심한 주의를 기울여 연회 의식을 치렀다.

군대에서 흔히 먹는 요리들이 준비되었다. 고기를 다져 배 속에 넣은 칠면조 요리, 꼬챙이에 꿴 거위 요리, 소고기 스튜, 새끼 돼지 요리, 뱀장어, 먹도미 요리 같은 것들이었다. 시종들이 큰 접시를 용장들에게 내밀 틈도 없이 용장들이 달려들어 접시를 낚아채서 음식을 찢어 먹고 그러다가 갑옷들을 더럽히고 여기 저기로 소스를 튀기기도 했다. 전쟁터보다 더 어지러웠다. 수프 그릇은 뒤집히고 구운 닭고기는 날아다니고 시종들은 식욕이 왕성한 용장이 첫 번째 요리를 다 먹기도 전에 접시를 빼앗아가 버렸다.

하지만 아질울포가 앉아 있는 식탁 한 모퉁이에서는 모든 일이 깨끗하고 조용하고 질서 있게 진행되었다. 그런데 시종들은 식탁의 다른 용장들 모두의 시중을 드는 일보다 아무것도 먹지 않는 아질울포의 시중을 드는 일이 훨씬 더 많았다. 맨 먼저, 식탁 이곳저곳이 더러워진 접시로 난장판이었고 한 음식을 먹고 다음 음식이 나올 때 접시를 바꿀 틈도 없어 용장들이 어디에 있는 음식이든, 심지어는 식탁보 위 음식까지도 먹어치우는 동안 아질울포는 계속 자기 앞에 깨끗한 식기와 포크, 나이프들, 그러니까 큰 접시, 작은 접시, 수프 그릇, 형태와 용량이 모두 다른 유리컵들, 포크와 수저와 차 수저와 잘 드는 나이프들을 갖다 놓으라고 시종들에게 말했다. 그러니까 청결 문제 때문에 그렇게 까다롭게 군 것인데 유리컵이나 접시 위에 희미한 얼룩만 있어도 그 자리에서 되돌려 보냈다. 그리고 그는 자기 앞에 놓인 것을 모두 다 사용했다. 조금씩이지만 다 사용했다. 그리고 음식 하나라도 그냥 보내는 법이 없었다. 예를 한번 들어 보자. 그

는 구운 멧돼지를 한 조각 잘라 내서 접시 위에 올려놓고 소스
는 작은 접시에 담았다. 그리고 아주 잘 드는 칼로 결을 따라 수
도 없이 가늘게 잘라 놓았다. 그런 다음 그렇게 자른 고기들을
다시 하나하나 다른 접시에 옮기고 그 고기에 소스를 잘 스며들
도록 묻혔다. 이렇게 맛이 든 고기들을 새 접시에 옮겨 놓고 가
끔씩 시종을 불러 고기가 놓인 새 접시를 치우라고 명령한 뒤
또다시 깨끗한 접시를 가져오라고 했다. 그는 삼십 분씩이나 그
런 일에 몰두했다. 닭 요리, 꿩 요리, 개똥지빠귀 요리에 대해서
는 아예 언급하지 말자. 그는 마지막 남은 작은 뼈에 조금 달라
붙은 아주 가늘고 질긴 살점을 발라 내려고, 특별히 주문을 했
다가 마음에 들지 않아 여러 번 다른 것으로 바꾼 작은 나이프
들 끝으로 건드리는 것 말고는 손도 대지 않으면서 고기를 가지
고 몇 시간을 보냈다. 포도주에도 손을 댔는데 자기 앞에 놓인
수많은 유리컵과 큰 잔에 포도주를 따르고 나누었으며 술잔에
다 서로 다른 포도주를 뒤섞은 다음 가끔씩 시종에게 술잔을
내밀며 그 술잔을 치우고 새 술잔을 가져오라고 했다. 빵에는 정
말 손을 많이 댔는데 빵의 속살은 둥글게 말아 크기가 똑같은
작고 동그란 덩어리들을 계속 만들어 식탁보 위에 몇 줄로 질서
있게 늘어놓았다. 빵 껍질은 잘게 부스러뜨려 작은 빵가루 피라
미드를 만들었다. 그런 일에 싫증이 나면 작은 빗자루로 식탁보
를 털어 내라고 시종들에게 명령만 하면 되었다. 그러고 나면 다
시 시작했다.

그렇게 여러 가지 일을 하면서도 아질울포는 식탁에서 오고
가는 이야기를 하나도 빼 놓지 않고 듣다가 언제나 정확한 순간
에 끼어들었다.

식사 때 용장들은 무슨 이야기들을 나눌까? 여느 때와 같이 허풍을 떤다.

롤랑이 말한다.

"분명히 말하지만 내가 뛰어들어 아골란테 왕을 쓰러뜨리고 엑스칼리버 검*을 빼앗기 전까지 아스프로몬테 전투는 우리편에 아주 불리했다고. 수없이 공격을 하다가 내가 그의 오른팔을 단칼에 잘라 버렸을 때도 그는 엑스칼리버 손잡이를 주먹에 꽉 쥐고 있어서 집게로 주먹을 벌리고 검을 빼냈다니까."

그러자 아질울포가 말한다.

"거짓말하지 말게. 정확히 말하자면 엑스칼리버는 아스프로몬테 전투가 끝난 지 닷새 후, 휴전 협정 때 적들이 우리에게 넘겨준 거라네. 실제로 프랑스 군대에 양도된 병기 목록에 그 검에 대한 기록이 있다네."

리날도가 말한다.

"어쨌든 내 검 푸스베르타에 견줄 만한 건 어디에도 없어. 피레네 산맥을 지나다가 용을 만났는데 단칼에 그 용을 두 동강 냈지. 모두들 알다시피 용의 껍질은 다이아몬드보다 더 단단하거든."

아질울포가 또 끼어든다.

"잠깐만, 우리 사실들을 정리해서 살펴보지. 피레네를 통과한 것은 4월이었네. 그리고 모두 다 알다시피 용은 4월에 허물을 벗지. 그래서 가죽이 갓난아이처럼 매끄럽고 부드럽다고."

그러자 용장들이 이구동성으로 말한다.

---

* 전설 속에 나오는 아서 왕의 칼.

"그렇기는 해. 하지만 4월이었을 수도 있고 다른 때였을 수도 있어. 피레네가 아니라 다른 곳이었는지도 모르지. 하지만 어쨌든 정말 그랬다고. 시시콜콜 따질 필요가 없어."

그러나 모두들 짜증이 났다. 아질울포는 뭐든 전부 다 기억했고 어떤 사건과 관련된 기록들이라도 다 줄줄 꿸 줄 알았고 모두가 인정할 정도로 유명한 무훈, 직접 그 광경을 보지 않은 사람들조차도 상세하게 기억하는 무훈이라도 그는 그저 야간 보고 때 연대 지휘부에 알릴 정도밖에 안 되는, 군대에서 흔히 있을 수 있는 평범한 사건으로 축소하려고 했다. 세상이 생긴 이래로 전쟁터에서 진짜 벌어진 일이 있는 그대로 전해지는 경우는 단 한 번도 없었다. 하지만 전사의 삶에서 어떤 사건이 진짜 일어났는지 아닌지는 그다지 중요하지 않다. 사건들이 훗날 떠돌 소문과 똑같이 전개되지는 않았지만 그렇게 될 수도 있었고 그런 유사한 경우가 다시 닥친다면 정말 소문처럼 행동할 수도 있다는 것을 보증해 줄 수 있는 전사의 인격과 힘과 변함없는 행동 방식이 있으면 그것으로 족하다. 하지만 아질울포 같은 기사에겐 진짜이든 거짓이든 그의 행동들을 뒷받침해 줄 것이 전혀 없다. 아니, 그의 행동들은 하루하루 기록부에 기록되었다. 그렇지 않으면 그는 공백이나 깜깜한 어둠일 뿐이다. 그래서 아질울포는 보르도 포도주에 푹 전 이 동료들, 허풍을 떨고 현재에서는 결코 실현될 수 없는, 과거에만 매달린 계획들을 세우고 전설에 빠져서 처음에는 이 사람도 조금, 저 사람도 조금 그 전설에 끌어들이다가 결국은 언제나 자기들 마음에 드는 주인공들을 찾아 버리고 마는 이 동료들이 자신 같은 처지가 되길 바랐다.

가끔씩 누군가가 카롤루스 대제에게 증언을 청하기도 했다.

하지만 황제는 너무나 많은 전투를 했기 때문에 언제나 개개의 전투를 뒤섞어서 생각했고 심지어는 지금 논쟁하는 전투가 어떤 것인지조차 제대로 기억하지 못했다. 그의 임무는 전쟁을 하고 고작해야 다음 전투를 생각하는 것뿐이었다. 이미 치른 전투는 그 결과야 어떻든 간에 이미 지나가 버린 것이었다. 연대기 작가들이나 음유시인이 들려주는 이야기를 줄잡아 들어야 한다는 것쯤은 모두들 다 알고 있다. 만일 황제가 모든 일을 정확하게 다 고쳐야 한다면 정말 야단이 날 것이다. 군대 조직이나 계급, 귀족 작위나 영지 분배에 대한 반발이 있는 경우에만 황제는 자신의 의견을 말한다. 말하기 좋게 황제의 의견이지 사실 그런 문제에서 카롤루스 대제의 의지는 별로 중요하지 않다는 것을 모르는 사람은 없다. 결과에 따라야 하고 증거에 기초해서 판단하고 법률과 관습을 존중할 필요가 있기 때문이다. 그래서 용장들이 황제에게 물었을 때 그는 어깨만 으쓱하고 원칙적인 태도를 유지하면서 가끔씩 이런 말로 위기를 모면했다.

"글쎄! 누가 알겠나! 사람들 말대로 전쟁 때였으니까!"

그리고 그는 말을 피했다. 계속 빵의 속살로 작고 둥근 덩어리를 만들면서 분명 프랑스 군대의 영광이라고 자부할 만한 사건들이 이야기될 때마다—비록 모두 정확하게 이야기한 것은 아니지만—이의를 제기하는 구일디베르니 가문의 아질울포 기사에게 카롤루스 대제는 짜증나는 잡역을 맡겨 버리고 싶었다. 하지만 정말 성가신 일들도 아질울포는 열과 성을 다해 훌륭하게 해내기 때문에 별 소용 없다고 용장들이 황제에게 말했다.

"아질울포, 난 자네가 왜 그렇게 자질구레한 일에 신경을 써야 하는지 모르겠네. 백성들은 영광스러운 모험을 부풀려서 기

억한다네. 그렇게 해서 그 부풀려진 영광은 진짜가 되고 우리가
소유한 작위와 계급의 기초가 되어 주는 거야."

올리버가 말했다.

"내 작위와 계급은 그런 게 아니야!"

아질울포가 반박했다.

"내가 작위와 칭호를 얻은 모험들은 이의를 제기할 수 없는
기록들로 증명하고 확인할 수 있어!"

"겉으로는 그렇지요!"

누군가 이렇게 말했다.

"지금 그런 말을 한 사람은 내게 그 이유를 밝혀라!"

아질울포가 벌떡 일어나면서 말했다.

"진정해, 참으라고. 자네도 다른 사람이 공적을 이야기할 때
마다 반박했으니까 어떤 사람이 자네 공적에 대해 무슨 말이든
한다고 해서 그걸 막을 수는 없는 거야……."

다른 용장들이 그에게 말했다.

"난 아무도 모욕한 일 없어. 난 그저 증명할 수 있는 범위 내
에서 사건이 벌어진 날짜와 장소를 정확하게 말한 것뿐이야."

"내가 바로 그 말을 한 사람이오. 나도 정확히 말하겠소!"

얼굴이 창백한 젊은 전사가 일어났다.

"토리스먼드, 네가 나의 과거에서 찾아낸 반박거리가 어떤 것
인지 알고 싶다."

아질울포가 그 젊은이에게 말했는데 그는 바로 콘월 가문의
토리스먼드였다.

"내 생각에 넌 아마 정확히 십오 년 전 스코틀랜드 왕녀였던
처녀 소프로니아가 도적들에게 강간당하려고 할 때 내가 그녀

의 순결을 지켜 주고 기사 작위를 받았던 그 사실에 이의를 제기하려는 것 같은데."

"그렇소, 그 사실에 이의를 제기하겠소. 십오 년 전, 스코틀랜드 왕녀 소프로니아는 처녀가 아니었소."

긴 식탁에 앉아 있던 사람들이 모두 술렁거렸다. 그 당시 사용하던 기사도 법전에는 위험에 처한 귀족 가문 처녀의 순결을 지켜 준 사람은 그 즉시 기사로 임명될 수 있다고 규정되어 있었다. 하지만 강간에서 구해 준 귀족 여인이 실제로 처녀가 아닐 경우에는 그저 명예 훈장만 받고 세 달 동안 월급을 두배로 받는다고 규정했다.

"자네는 어떤 근거로, 기사인 나의 권위를 모욕할 뿐만 아니라 내 칼로 구해 낸 귀부인까지 모욕하는 그런 주장을 할 수 있는 건가?"

"난 그런 주장을 할 수 있소."

"증거를 대라."

"소프로니아는 내 어머니요!"

용장들의 가슴에서 놀란 비명 소리가 터져 나왔다. 토리스먼드라는 저 젊은이는 그러면 콘월 공작 가문의 아들이 아니었단 말인가?

"그렇소. 이십 년 전 그 당시 열세 살이었던 우리 어머니 소프로니아가 나를 낳았소."

토리스먼드가 설명하기 시작했다.

"여기 스코틀랜드 왕가의 목걸이가 있소."

그러더니 가슴을 뒤적여서 금 목걸이에 걸린 도장을 꺼냈다.

그때까지 민물가재 요리가 담긴 접시에 얼굴을 숙이고 있던 카롤루스 대제는 지금이야말로 눈을 들 때라고 판단했다.

"젊은 기사."

황제다운 위엄이 담긴 목소리로 카롤루스 대제가 말했다.

"지금 자네가 한 말이 얼마나 중대한지 알겠지?"

"물론입니다. 그리고 다른 누구보다도 제게 중요한 일입니다."

토리스먼드가 말했다.

주위에는 침묵이 감돌았다. 토리스먼드는 지금 자기 기사 작위의 근거인 공작의 차남이라는 신분을 부인하고 있다. 비록 어머니가 왕실 혈통을 물려받은 공주지만 자기가 사생아라고 밝혔기 때문에 그는 군대를 떠나야 할 위험에 처한 것이다.

하지만 아질울포의 상황은 그보다 훨씬 더 위태로웠다. 나쁜 놈들이 소프로니아를 폭행하려고 할 때 소프로니아를 만나 그녀의 순결을 구해 주기 전, 그는 되는 대로 세상을 떠돌던 이름 없는 하얀 갑옷 전사일 뿐이었다. 아니, 곧 알려진 사실대로 좀 더 정확히 말하면 그는 그 안에 아무도 들어 있지 않은 텅 빈 하얀 갑옷에 불과했다. 소프로니아를 구해 준 공적 때문에 그는 기사 작위를 받을 권리를 얻었다. 당시 셀림피아 치테리오레라는 기사 칭호가 남아 있었기 때문에 그는 그 칭호를 사용했다. 군 입대를 하고 표창을 받고 여러 계급과 이름이 덧붙은 것은 모두 그 사건 후의 일이었다. 만약 그가 소프로니아를 구해 냈을 당시 그녀가 처녀가 아니었다는 사실이 밝혀진다면 그의 기사 작위는 물거품이 될 것이고 그가 그 후에 행한 모든 일이 조금도 타당하지 않은 것으로 판명날 것이며 그의 이름과 작위는 모두 취소될 것이다. 그리고 존재하지 않는 그의 신체와 마찬가지로 그의 특권 하나하나도 존재하지 않게 될 것이다.

"아직 어린 소녀였을 때 우리 어머니는 저를 임신하셨습니다."

토리스먼드가 말했다.

"어머니는 임신한 것을 알았을 때 부모님께 혼날 게 무서워 스코틀랜드 왕궁에서 도망쳐 고원을 떠돌아다녔습니다. 황무지 벌판에서 저를 낳았고 잉글랜드 들판과 숲 속을 떠돌아다니며 제가 다섯 살이 될 때까지 저를 키웠습니다. 제 인생에서 가장 아름다운 추억은 바로 어린 시절에 대한 기억들입니다. 저 사람이 끼어들어 그 시절은 끝나 버리고 말았습니다. 어떤 날이 기억납니다. 어머니는 제게 움막을 지키라고 하고서 보통 때처럼 과수원으로 과일을 훔치러 갔습니다. 어머니는 길에서 두 도적을 만났는데 그놈들이 어머니를 범하려고 했습니다. 어쩌면 그냥 어머니와 친구가 되는 것으로 끝났을지도 모릅니다. 어머니는 가끔씩 외롭다고 슬퍼했으니까요. 하지만 바로 그때 명예로운 일을 하려고 혈안이 된 저 하얀 갑옷이 도착해서 도적들을 쫓아 버렸지요. 어머니가 왕족 출신이라는 것을 알아보고서는 어머니를 보호해 주면서 가장 가까운 곳에 있는 성, 그러니까 콘월 성으로 어머니를 데려가 공작 부처에게 어머니를 맡겼습니다. 그동안 저는 혼자 굶주리며 움막에 있었습니다. 상황이 허락되자 어머니는 곧 공작 부처에게 어쩔 수 없이 내버려둔 사생아의 존재를 고백했습니다. 횃불을 든 하인들이 저를 발견해서 성으로 데려갔습니다. 콘월 가문과 친척인 스코틀랜드 왕가의 명예를 지켜 주기 위해 공작과 공작 부인은 저를 입양해 아들로 인정해 주었습니다. 다른 귀족 가문 차남들처럼 저도 지루하고 구속받는 생활을 했습니다. 저는 다시는 어머니를 만날 수 없었습니다. 어머니는 멀리 떨어진 수녀원에 들어가 수녀가 되셨습니다. 자연스럽게 흐르던 제 삶을 망가뜨린 태산 같은 거짓의 무게가 지금까지 저를 짓눌렀습니다. 이제 마침내 진실을 말할 수 있습니다. 어떤 일이 일어나든지 저로서는 지금까지 겪었던 일보다는 훨씬 나을 것 같습니다"

그사이 식탁에는 층층이 다양한 색깔이 섬세하게 겹쳐진 케이크가 놓였지만 계속되는 놀라운 이야기에 모두들 너무나 놀라 아무도 벌어진 입에 포크를 갖다 댈 생각을 못 했다.

"그런데 자네, 이 이야기에 대해 뭐 할 말 있나?"

카롤루스 대제가 아질울포에게 물었다. 모두들 아무 말이 없는 기사를 쳐다보았다.

"모두 거짓말입니다. 소프로니아는 처녀였습니다. 저는 꽃과 같은 그녀의 순결함에 제 이름과 명예를 걸겠습니다."

"그걸 어떻게 증명할 수 있나?"

"소프로니아를 찾겠습니다."

"십오 년이나 흘렀는데 그녀를 찾겠다고? 얇은 철로 만든 우리 갑옷은 그렇게 오래 기다릴 수 없어."

아스톨포가 심술궂게 말했다.

"내가 자비심 많은 그 가문에 소프로니아를 맡긴 다음 그녀는 곧 수녀가 되었어."

"지금 같은 시기에 십오 년이라면 기독교 국가 수녀원들은 모두 없어졌거나 약탈당했을 걸세. 십오 년이면 어떤 수녀라도 너댓 번은 수녀복을 입었다 벗었다 했을 거야……."

"어쨌든 순결이 더러워졌다면 그걸 더럽힌 사람이 있겠지. 내가 그를 찾아서 소프로니아가 언제까지 순결을 간직했는지 증언하게 하겠네."

그러자 황제가 말했다.

"원한다면 잠시 휴가를 주겠다. 아직은 이의가 제기된 자네이름과 무기를 사용할 권리에 대해 별 걱정을 하지 않아도 될것 같네. 하지만 만약 저 젊은이의 말이 사실이라면 난 자네를군대에 둘 수 없어. 뿐만 아니라 어떤 면에서도 자네를 봐줄 수없네. 밀린 월급도 줄 수 없어."

카롤루스 대제는 마치 '자네들 봤지, 드디어 이 성가신 인물에게서 해방될 수 있는 방법을 찾아내지 않았나?'라고 하듯, 그런 이야기를 하면서 성급하게 목소리에 만족스러움이 묻어나는것을 어떻게 막을 수가 없었다.

이제 하얀 갑옷은 완전히 앞으로 몸을 숙였는데 바로 그 순간처럼 그가 공허해 보였던 적은 없었다. 그가 들릴락 말락 하게말했다.

"알겠습니다, 폐하. 떠나겠습니다."

"자네는 어떻게 할텐가?"

카롤루스 대제가 토리스먼드에게 몸을 돌렸다.

"자네가 사생아라고 밝혔기 때문에 자네 가문의 이름으로 자네에게 주어졌던 지위를 더 이상 누릴 수 없다는 건 잘 알지? 그런데 자네, 아버지가 누구인지 정도는 알겠지? 아버지가 자네를인정해 줄 희망 같은 건 없나?"

"절대 저를 인정해 줄 수 없을 겁니다……."

"그렇게 말할 수는 없는 일이야. 남자들은 나이가 들면 모두자기 인생을 총결산하고 싶어 한다네. 나도 내 첩들이 낳은 자식들을 모두 내 자식으로 인정했어. 아주 많지. 그중에는 내 씨가 아닌 자식들도 분명 있을 거야."

"제 아버지는 사람이 아닙니다."

"그러면 대체 누구란 말인가? 악마란 말인가?"

"아닙니다, 폐하."

토리스먼드가 침착하게 대답했다.

"그러면 대체 누구란 말이냐?"

토리스먼드가 연회장 한가운데로 나와 무릎을 꿇고 하늘을 바라보며 말했다.

"성배 기사단입니다."

연회장 여기저기서 수군거리는 소리가 들렸다. 어떤 용장은 성호를 긋기도 했다.

"저희 어머니는 대담한 소녀였습니다."

토리스먼드가 설명했다.

"그래서 어머니는 언제나 성 근처 숲 속으로 달려가곤 했습니다. 어느 날 깊은 숲 속까지 들어갔다가 거기서 성배 기사단을 만났습니다. 그들은 속세에서 멀리 떨어져 정신을 단련하기 위한 야영을 하고 있었답니다. 어린 소녀는 전사들과 어울려 놀기 시작했고 그날부터 가족의 감시가 소홀한 틈을 타서 그 야영지에 가곤 했습니다. 하지만 그런 천진난만한 놀이 때문에 어머니는 곧 임신을 하고 말았습니다."

카롤루스 대제는 잠시 생각에 잠겨 있다가 말했다.

"성배 기사단의 기사들은 모두 순결 서원을 한 사람들이다. 그 누구도 너를 자식으로 인정하려 들지 않을 거야."

"저도 그런 건 전혀 원치 않습니다."

토리스먼드가 말했다.

"저희 어머니가 특별히 어떤 기사에 대해 말씀하신 적은 없습니다. 하지만 어머니는 성배 기사단 전체를 아버지처럼 존경하라고 가르치셨습니다."

"기사단이라는 단체 자체는 그 어떤 종류의 서원에도 묶이지 않았다. 그러니까 그 단체가 어떤 인간의 아버지로 인정되는 것이 금지되어 있지 않아. 만약 자네가 성배 기사단을 찾아가서 그 단체 전체가 자네를 자신들의 아들로 인정한다는 허락을 받아오면 군대에서 자네의 권리를 다른 귀족 가문 아들들과 똑같이 인정해 주겠다. 성배 기사단은 특권 단체니까."

카롤루스 대제가 말했다.

"떠나겠습니다"

토리스먼드가 말했다.

그날 밤, 프랑스 병영에는 떠나는 사람들이 줄을 이었다. 아질울포는 세세하게 자신의 장비와 말을 준비했다. 하인 구르둘루는 담요와 말총을 빗길 빗과 냄비 등을 되는대로 묶었는데 그게 한짐이었기 때문에 자기 앞도 제대로 볼 수 없었다. 주인과는 정반대 방향으로 갔는데 펄쩍펄쩍 뛰어서 그가 지나가는 길에는 갖가지 물건들이 다 떨어졌다.

누가 누구인지 잘 구별되지 않는 불쌍한 하인들과 마구간 마부들과 철공소 직공들 외에는 아무도 떠나는 아질울포를 배웅 나오지 않았다. 배웅을 나온 이들은 지금 떠나는 이 기사가 가장 성가신 장교이기는 하지만 또 그 누구보다도 불행하다는 것을 잘 알고 있었다. 용장들은 출발 시간을 모른다는 핑계로 배웅을 나오지 않았다. 사실 그게 핑계만은 아니었다. 연회장을 빠져나올 때부터 아질울포는 그 어떤 용장에게도 말을 건네지 않았다. 그의 출발에는 설명이 필요 없었다. 자신이 맡은 일들이 그 어느 것 하나라도 무책임한 상태로 남지 않도록 자신의 임무를 다른 이들에게 할당했기 때문에 존재하지 않는 기사의 부재는 전체적으로 합의된 것처럼 조용하게 받아들여졌다.

흥분한, 아니 소란을 피우는 사람이 딱 하나 있었는데 바로 브라다만테였다. 그녀는 자기 천막으로 달려갔다.

"서둘러!"

그녀는 유모와 식모와 하녀들을 불렀다.

"서둘러!"

그러더니 옷과 갑옷과 마구 들을 공중으로 집어던졌다.

"서둘러!"

그런데 지금 브라다만테가 이렇게 옷을 벗어던지고 성질을 부리는 것은 그녀의 평상시 습관 때문이 아니라 물건을 챙겨 떠나기 위해서였다.

"빨리 준비해 줘, 난 떠날 거야. 떠날 거라고. 단 일 분도 여기 있을 수 없어. 그가 떠나가 버렸어. 이 군대를 통틀어 어떤 의미를 지닌 사람이라곤 그밖에 없었어. 내 인생과 내 전투에 의미를 줄 수 있는 단 한 사람이었다고. 그런데 이제 이 군대에는 술 주정뱅이와 사나운 사람들밖에 남지 않았어. 물론 나도 예외는 아니지. 침대와 싸움터를 왔다 갔다 하는 쳇바퀴 같은 생활만 되풀이될 거야. 신비한 기하학을 알고 질서와, 그 질서의 시작과 끝을 알 수 있게 해 주는 규칙을 아는 사람은 그 사람뿐이야."

이렇게 말하면서 그녀는 전투용 갑옷을 한 조각 한 조각 걸치고 보랏빛이 도는 긴 청색 겉옷을 입었다. 그리고 서둘러 말안장 위에 올라탔는데 정말 여성스러운 여자들이 남자 같은 일을 할 때 보여 주는 자존심이 뒤섞인 태도를 제외하면 영락없는 남자였다. 그녀는 말뚝 울타리와 천막 들을 쓰러뜨리고 식료품 노점상을 뒤집어 놓으며 질주했다. 그녀는 곧 큰 먼지 구름 속으로 사라졌다.

그녀를 찾아 뛰어오던 랭보가 그 구름을 보았다. 그래서 소리쳤다.

"어디로 가는 거야, 어디로 가는 거야, 브라다만테. 당신을 위해서 내가 여기 왔는데 떠나 버리다니!"

사랑에 빠진 사람이 지닐 수 있는 고집스러운 분노가 담긴 이 말은 이런 뜻이기도 했다.

'사랑하는 마음을 가득 담은 내가 여기 왔다, 여인이여. 당신이 어떻게 나의 사랑을 기꺼워하지 않을 수 있는가. 나를 받아들이지 않고 나를 사랑하지 않는 이 여인은 대관절 무엇을 원하는 것일까. 어떻게 그녀는 내가 자기에게 줄 수 있고 줘야만 한다고 생각하는 것보다 더 많은 것을 원할 수 있는 것일까?'

그렇게 격분해서 이성을 잃더니 갑자기 한순간 그녀에 대한 사랑은 순전히 자신에 대한 사랑, 그녀를 사랑하는 자신에 대한 사랑으로 변해 버렸고 이미 존재하는 것이 아니라 그들 둘을 위해 존재할 수 있는 것에 대한 사랑으로 변했다. 이런 분노에 사로잡힌 랭보는 자기 천막으로 달려가서 말과 무기를 준비하고 배낭을 꾸렸다. 그리고 그 역시 떠났다. 전투라는 것도 두 창끝 사이에 여인의 입이 언뜻 보일 때에만 치열하게 벌어지기 때문이다. 모든 것들, 그러니까 상처라든지 먼지, 말들의 악취들은 여인의 미소에 비하면 아무런 의미도 없다.

토리스먼드 역시 그날 밤 떠났다. 그 역시 우울하기도 하고 희망에 부풀기도 했다. 그는 그 숲, 어린 시절을 보낸 어둡고 습기 많은 숲과 어머니와 토굴 속에서 보낸 나날들을 되찾고 싶었다. 그리고 마음 아주 깊은 곳에는, 무장을 하고 은밀한 야영지 모닥불 주위에서 밤을 새우며, 나뭇가지들이 땅 위 고사리들을 스칠 정도로 낮게 드리워 있고 비옥한 땅에서는 햇빛을 한 번도 보지 못한 버섯들이 자라는 울창한 숲 속에서 하얀 옷을 입고 침묵을 지키는 아버지들의 순수한 종교 단체를 찾고 싶은 생각이 자리 잡고 있었다. 약간 비틀거리며 연회석에서 일어선 카롤루스 대제는 갑작스럽게 떠난 사람들의 소식을 들은 후 황제의 천막으로 향했다. 그리고 후에 시인들의 노래에나 등장할 모험을 위해 아스톨포, 리날도, 귀동 셀바지오, 롤랑이 떠나던 때를 생각했다. 하지만 이제 의무로 강요하지 않고서는 그 노장들을 여기저기로 떠나가게 할 수 없었다.

"떠나게 내버려둬야 해. 젊으니까, 무슨 일인가 하게 해야 해."

카롤루스 대제는 행동이 항상 최고의 선이라고 생각하는, 행동하는 인간들 특유의 습관대로 이렇게 말했다. 하지만 거기에는 새롭게 다가오는 것들을 즐거운 마음으로 받아들이기보다는 잃어버린 과거의 것을 훨씬 더 애석해하는 노인들의 쓸쓸함이 담겨 있었다.

8

책이여, 밤이 찾아왔다. 나는 더욱더 빨리 글을 써 나가기 시
한다. 강에서는 이제 물 흐르는 소리밖에 들려오지 않고 창문
너머에서는 박쥐들이 소리없이 날고 있다. 개 몇 마리가 짖어 대
고 건초장에서 사람들의 목소리가 들려온다. 어쩌면 원장 수녀
님이 택한 나의 이 회개 방법이 그렇게 나쁜 것만은 아닐 수도
있다. 가끔씩 펜이 저 혼자 종이 위를 달리고 나는 그저 그 뒤를
쫓아가고 있음을 깨달을 때가 있다. 나와 펜은 진실을 향해 함
께 달려간다. 내가 하얀 종이에서 마주치길 학수고대하는 진실,
펜을 놀려 게으름과 불만족스러움, 그리고 여기 갇혀 지내면서
속죄하는 나의 증오심을 모두 묻어 버릴 수 있을 때에만 도달할
수 있는 진실을 향해서 말이다.

그리고 쥐가 뛰어다니는 소리,(수녀원 다락방에는 쥐들이 우글
거린다.) 갑작스레 불어닥쳐 덧창을 쾅 닫아 버리는 바람(기회만
있으면 다른 데 정신을 팔지 못해 안달하는 나는 서둘러 덧창을 열

러 간다.)은 이 정도면 충분하다. 이 이야기에 등장하는 어떤 일화를 시작하고 또 다른 일화를 시작하는 일 혹은 그저 한 줄을 다시 옮겨 적는 일도 이제 이만하면 됐다. 지금 내 펜은 다시 대들보처럼 무거워졌고 진실을 향한 질주는 불안정하다.

이제 나는 아질울포와 그의 하인이 여행 중 지나쳤던 땅들을 묘사해야만 한다. 여기 이 종이 위에 먼지로 뒤덮인 큰길과 강과 다리, 이 모든 것들이 자리 잡게 만들어야 한다. 이제 톡, 톡톡, 가벼운 소리를 내는 말을 타고 아질울포가 지나간다. 육체 없는 그 기사의 무게가 거의 나가지 않기 때문에 말은 수천 킬로미터라도 지치지 않고 갈 수 있을 것이다. 그리고 말 주인 역시 조금도 지치지 않을 것이다. 이제 다리 위에 툭, 툭, 툭, 무거운 말발굽 소리가 들린다! 자기 말 목에 매달려 앞으로 나가고 있는 구르둘루다. 말과 구르둘루의 머리가 서로 딱 달라붙어 있어서 말이 하인의 머리로 생각을 하는 건지 하인이 말 머리로 생각을 하는 건지 알 수 없을 지경이다. 나는 종이 위에, 이따금씩 각진 곧은 선 하나를 그린다. 바로 아질울포가 지나간 길이다. 완전히 구불구불하고 이리저리 뒤얽힌 다른 선 하나는 구르둘루의 길이다. 날아가는 나비를 한 마리라도 보면 구르둘루는 금방 말을 그쪽으로 돌려 버린다. 그러고는 자기가 말안장에 올라탄 게 아니라 나비 위에 앉아 있는 거라고 믿어 버린다. 그래서 길을 벗어나 풀밭을 헤매고 다닌다. 그러는 동안 아질울포는 자신의 행로를 따라 곧장 앞으로 나아갈 뿐이다. 가끔씩 길을 벗어난 구르둘루의 여정이 눈에 띄지 않는 지름길과 일치할 때도 있다.(아니, 말에 탄 구르둘루가 말을 모는 게 아니기 때문에 말이 직접 자신이 선택한 오솔길을 계속 따라가고 있다.) 그리고 이리 돌고 저리 돈 뒤에 떠돌이는 큰길로 가고 있는 자기 주인 곁으로 다시 돌아온다.

나는 이제 여기 강둑에 물레방앗간을 하나 세울 것이다. 아질울포는 길을 묻기 위해 여기에 멈춰 선다. 물레방앗간 주인 여자가 공손하게 그에게 대답하고 포도주와 빵을 대접하지만 그는 거절한다. 말에게 먹일 여물만 받는다. 길은 먼지에 뒤덮였고 햇볕이 내리쬔다. 선량한 물레방앗간 주인 부부는 기사가 갈증을 전혀 느끼지 않는 것을 보고 놀라워한다.

기사가 다시 떠나자마자 대부대가 말을 달려 오는 것처럼 시끄러운 소리를 내며 구르둘루가 도착한다.

"우리 주인 나리 보셨수?"

"네 주인이 누구냐?"

"어떤 기사…… 아니 말이오……."

"넌 그럼 말의 하인이냐?"

"아니오……. 말의 하인은 내 말이지……."

"그런데 그 말 위에 탄 사람은 누구지?"

"에에에…… 아무도 모른다오."

"그러면 네 말 위에 탄 사람은 누구지?"

"글쎄! 그거야 내 말 위에 탄 사람에게 물어봐야지!"

"너도 아무것도 먹지 않고 아무것도 마시지 않을 거냐?"

"아니오, 아니오! 먹을 거요! 마실 거요!"

그러더니 그는 포도주를 벌컥벌컥 마셔 댄다.

지금 나는 성벽에 둘러싸인 도시를 그린다. 아질울포는 그 도시를 지나가야만 한다. 성문 수비대들은 아질울포에게 얼굴을 보여 달라고 한다. 수비대들은 얼굴을 가린 사람은 그 누구라도 문을 통과할 수 없게 하라는 명령을 받았다. 주변에서 극성을 떠는 흉폭한 도적이 성 안으로 숨어 들어갈 수도 있기 때문이다. 아질울포는 거절하고 수비대들과 한바탕 싸움을 한 뒤 그들을 밀치고 달아난다.

도시를 지나 지금 내가 그리는 것은 숲이다. 아질울포는 무시무시한 도적을 잡으려고 숲을 이 잡듯 뒤진다. 도적의 무기를 빼앗은 뒤 끈으로 묶어 조금 전에 자신을 통과시켜 주지 않으려고 했던 그 수비대들 앞으로 끌고 간다.

"여기 당신들이 그렇게 무서워 떨던 도둑을 잡아 왔소."

"오, 백색 기사님, 당신에게 축복이 내리길! 당신이 누구신지 제발 말씀해 주십시오! 왜 그렇게 투구로 얼굴을 가리고 계시는 겁니까?"

"내 이름은 바로 이 여행의 끝에 있소."

아질울포는 이렇게 말하고 사라진다.

도시에서는 아질울포가 대천사라고 말하는 이도 있고 연옥에서 온 영혼이라고 말하는 이도 있다.

"말이 너무나 가볍게 달렸어요. 마치 말안장 위에 아무도 없는 것 같았다니까요."

어떤 사람이 말한다.

숲이 끝나는 이곳으로 또 다른 길이 하나 지나가는데, 그 길 역시 도시로 이어진다. 브라다만테가 달려온 길이다. 브라다만테가 도시 사람들에게 말한다.

"하얀 갑옷의 기사를 찾고 있어요. 여기 존재한다는 것을 알아요."

"아니오. 여기 존재하지 않습니다."

사람들이 그녀에게 대답한다.

"존재하지 않는다면 틀림없이 그 사람이에요."

"그러면 그 사람이 존재하는 곳으로 찾아가시지요. 벌써 이 곳을 지나갔으니까요."

"정말로 그 사람을 보았나요? 안에 남자가 들어 있는 것처럼 보이는 하얀 갑옷인데……."

"그 안에 남자가 들어 있는 게 아니라면 누가 들어 있단 말이오?"

"다른 그 어떤 남자보다 더 훌륭한 사람이지요."

"내가 보기엔 당신들이 나누는 이야기가 너무나 해괴하군."

한 노인이 끼어들어 말한다.

"그리고 당신도 마찬가지요. 부드러운 목소리의 기사라!"

브라다만테가 말을 달려 가 버린다.

잠시 후 랭보가 도시 광장에 나타나 말고삐를 늦춘다.

"여러분들, 기사가 한 사람 지나가는 것을 보셨어요?"

"어떤 기사요? 벌써 기사 둘이 지나갔고 당신이 세 번째요."

"먼저 간 기사의 뒤를 쫓아 달려간 기사 말입니다."

"그런데 한 사람이 남자가 아니라는 게 사실이오?"

"두 번째 기사는 여자입니다."

"그러면 첫번째 기사는요?"

"아무것도 아니지요."

"그러면 당신은?"

"나요? 난…… 한 남자이지요."

"고맙소!"

아질울포는 말을 타고 가고 구르둘루가 그 뒤를 따른다. 다

찢어진 옷에 머리를 산발한 어떤 여인이 길 위로 달려나와 몸을 던져 무릎을 꿇는다. 아질울포가 말을 멈춘다.

"도와주세요, 기사 나리."

그 여인이 애원한다.

"여기서 800미터 쯤 떨어진 곳에, 무시무시한 곰들이 떼 지어 몰려와 우리 주인이신 귀족 미망인 프리쉴라 마님의 성을 포위해 버렸답니다. 그 성에는 우리 힘없는 여인네들뿐이에요. 아무도 성 안으로 들어갈 수 없고 나올 수도 없어요. 저는 총안에서 아래로 내린 밧줄을 타고 성 밖으로 나왔답니다. 기적적으로 야수들의 발톱에서 빠져나올 수 있었어요. 오, 기사님, 저희를 구해 주세요!"

"내 검은 언제나 과부들과 힘없는 사람들을 돕는 데 사용된다오."

아질울포가 말한다.

"구르둘루, 이 처녀를 네 안장에 태우거라. 우리를 여주인이 계시는 성으로 안내해 줄 거다."

그들은 돌이 많은 오솔길을 따라갔다. 하인은 앞으로 나갔지만 길은 한 번도 쳐다보지 않았다. 그의 품에 안겨 말안장에 앉아 있는 젊은 여자의 풍만한 장밋빛 가슴이 찢어진 옷 사이로 보였다. 그래서 구르둘루는 정신을 잃을 것 같았다.

처녀는 아질울포를 보려고 몸을 돌리고 있었다.

"네 주인어른은 어쩌면 저렇게 기품이 있으실까!"

"응, 응."

구르둘르는 대답을 하고 그 따뜻한 젖가슴 쪽으로 한 손을 뻗었다.

"말 한마디 한마디, 행동 하나하나가 어쩌면 저렇게 분명하고 당당하실까……."

"응."

구르둘루는 이렇게 말했다. 그리고 손목에 말고삐를 감고 두 손으로, 어떻게 한 사람이 단단하면서 동시에 그렇게 부드러울 수 있는지 이해해 보려고 애썼다.

"목소리는 예리해서 금속에서 나는 것 같아……."

구르둘루의 입에서는 그저 음침한 신음소리만 흘러나왔다. 처녀의 목과 어깨 사이에 얼굴을 묻고 있어서 처녀의 향기에 정신을 잃을 정도였기 때문이기도 했다.

"바로 저런 분이 우리 마님을 곰에서 구해 주려고 가시면 마님이 얼마나 기쁘시겠어……. 오, 정말 마님이 부러워……. 그런데 이것 봐, 지금 길에서 벗어나고 있잖아! 무슨 일이야, 너 미쳤어?"

오솔길이 구부러지는 곳에서 떠돌이 한 사람이 동냥 그릇을 내밀었다. 거지들을 만날 때마다 3상팀이라는 일정한 액수를 정해 놓고 동냥을 주던 아질울포가 말을 멈추고 가방을 뒤졌다.

"복 받으십시오, 기사님."

떠돌이가 동전을 주머니에 넣으면서 말했다. 그리고 아질울포에게 귓속말을 할 게 있으니 몸을 좀 구부리라는 신호를 보냈다.

"당신의 은혜를 갚기 위해 이 말씀을 드리는 겁니다. 프리쉴라를 조심하십시오! 곰들에 관한 이야기는 모두 함정입니다. 프리쉴라 자신이 직접 그 곰들을 먹여 키우는걸요. 큰길을 지나가는 용감한 기사들이 자기를 구하러 오게 만들려는 거지요. 그 기사들을 유혹해서 자신의 충족되지 않는 색욕을 살찌우기 위해서랍니다."

"형제, 당신의 말이 맞을 수도 있소."

아질울포가 대답했다.

"하지만 나는 기사요. 그러므로 비탄에 젖어 공식적으로 구조를 요청한 여인의 청을 거절한다는 것은 불명예스러운 일이오."

"색욕의 불꽃이 두렵지 않으십니까?"

아질울포는 약간 당황했다.

"글쎄, 이제 어떻게 될지 두고 봐야지요……."

"저 성에서 머물던 기사가 어떻게 되었는지 아십니까?"

"어떻게 되었지요?"

"바로 당신 눈앞에 있습니다. 저 역시 한때는 기사였고 저 역시 프리쉴라를 곰에서 구해 줬지요. 그리고 지금은 이런 모습으로 여기 있습니다."

사실 그의 상태는 상당히 나빠 보였다.

"당신의 경험을 교훈으로 삼겠소, 형제. 하지만 난 시련과 맞설 거요."

그러더니 아질울포는 말을 달려 나갔고 구르둘루와 하녀가 뒤쫓았다.

"저런 떠돌이들은 항상 왜 그렇게 쓸데없는 말들을 많이 지껄이는지 모르겠어요."

처녀가 기사에게 말했다.

"어떤 종교 단체에 속한 것도 아니고 속인들도 아니면서 수다나 떨고 중상모략이나 하고 다닌다니까요."

"이 근방에는 저런 떠돌이들이 많나?"

"우글우글해요. 그리고 끊임없이 새로운 떠돌이들이 나타난 다니까요."

"난 저런 사람이 되지는 않을 거다."

아질울포가 말했다.

"자, 서두르자."

"곰들이 으르렁대는 소리가 들려요."

처녀가 소리쳤다.

"무서워요! 절 내려 주세요. 저 관목 숲 뒤로 가서 숨을래요."

아질울포는 성이 우뚝 서 있는 공터로 돌진했다. 주위는 곰들 때문에 어두침침했다. 말과 기사를 보자 곰들은 이를 악물고 기사의 길을 막으려고 서로 나란히 서서 기사를 둘러쌌다. 아질울포는 창을 빙글빙글 돌리며 공격했다. 어떤 놈은 창에 찔리고 다른 놈들은 나뒹굴고 나머지 놈들은 죽어 쓰러졌다. 말을 타고 뒤쫓아 온 구르둘루는 쇠꼬챙이를 들고 곰들을 쫓아다녔다. 십 분도 안 되어 수많은 곰들이 땅바닥에 뻗어 버렸고 나머지 곰들은 아주 깊은 숲 속으로 몸을 숨기러 달아났다.

성문이 열렸다.

"고귀하신 기사님, 어떻게 해야 은혜를 갚을 수 있을까요?"

프리쉴라가 자신을 따르는 처녀들과 하녀들에 둘러싸여 문 앞에 나타났다.(그 여자들 가운데에는 아질울포와 구르둘루를 이 곳까지 안내한 그 처녀도 있었다. 어찌 된 영문인지는 모르지만 그 녀는 벌써 집에 도착해서 조금 전의 찢어진 옷이 아니라 깨끗하고 예쁜 덧옷을 걸치고 있었다.)

아질울포는 구르둘루를 데리고 성 안으로 들어갔다. 과부인 프리쉴라는 그렇게 크지도 뚱뚱하지도 않았으며 피부에는 윤기가 흘렀다. 가슴은 너무 크지 않고 알맞게 튀어나왔으며 또렷한 검은 눈은 빛이 났다. 간단히 말하자면 꽤 괜찮은 여자였다. 그녀는 거기, 하얀 갑옷 아질울포 앞에 즐거운 기분으로 서 있었다. 기사는 근엄하게 서 있었지만 수줍어했다.

"구일디베르니 가문의 아질울포 에모 베르트란디노 기사님."

프리쉴라가 말했다.

"저는 벌써 당신 이름을 알고 있었답니다. 그리고 당신이 존재하면서 동시에 존재하지 않는 분이라는 것도 잘 알아요."

이런 말을 듣자 아질울포는 거북함에서 벗어나기라도 한 듯 수줍음을 던져 버리고 여유를 찾았다. 그는 몸을 숙여 땅에 한쪽 무릎을 꿇더니 이렇게 말하기까지 했다.

"당신 분부대로 하겠소."

그러고는 벌떡 일어섰다.

"전 기사님에 대한 이야기를 많이 들었답니다. 그리고 오래전부터 기사님을 만나기를 간절히 바랐어요. 무슨 기적이 생겨 당신은 이 먼 곳까지 오셨나요?"

"내가 여행하는 것은 너무 늦기 전에, 십오 년 전 만난 한 처녀의 처녀성을 확인하기 위해서요."

"전 그렇게 뜬구름 잡는 것 같은 모험을 하는 기사님 이야기는 한 번도 들어 본 적이 없어요. 하지만 벌써 십오 년이 지났다면 전 주저없이 당신께 하룻밤 정도 그 여행을 늦추라고 말씀드리고 싶어요. 그리고 저희 성에 머무르세요."

그러더니 그녀는 아질울포 옆으로 갔다.

다른 여자들은 아질울포가 성 여주인과 함께 옆방으로 사라질 때까지 아질울포에게서 눈을 떼지 않았다. 아질울포가 사라지자 그들은 구르둘루에게 몸을 돌렸다.

"어머, 정말 건장한 마부네!"

그녀들은 손뼉을 치면서 말했다. 구르둘루는 바보처럼 거기서 있었다. 그리고 몸을 긁적거렸다.

"벼룩이 너무 많고 고약한 냄새가 나는 게 유감이야!"

"자, 빨리, 몸을 씻겨 주자."

그녀들은 이렇게 말하더니 구르둘루를 자신들의 숙소로 데리고 가서 옷을 모두 벗겨 버렸다.

프리쉴라는 두 사람을 위한 식탁을 준비한 곳으로 아질울포를 데려갔다.

"당신이 평상시에 음식을 절제한다는 것을 잘 압니다, 기사님."

프리쉴라가 그에게 말했다.

"하지만 맨 먼저 이런 식탁으로 당신을 초대하지 않고는 어떻게 당신을 모셔야 할지 알 수가 없어서요. 그리고……."

프리쉴라가 교활하게 덧붙였다.

"제가 당신께 보여 드리려고 마음먹은 감사 표시는 이게 전부가 아니랍니다."

아질울포는 감사하다고 말하고 성의 여주인 앞에 앉아 손가락으로 빵을 잘게 잘랐다. 그는 잠깐 동안 침묵을 지키다가 밝은 목소리로 이것저것 이야기하기 시작했다.

"부인, 떠돌이 기사는 정말 이상하고 위험한 모험들을 많이 한답니다. 그런데 그 모험들은 여러 유형으로 나뉠 수 있습니다. 먼저……."

아질울포는 상냥하고 정확하고 박식하게 이야기를 했다. 이야기 도중 가끔씩 지나치게 세세한 사실을 그녀가 미심쩍어 하기도 했지만 아질울포가 곧 유창한 솜씨로 다른 화제로 넘어갔기 때문에 그 의심은 지워졌다. 동시에 그는 금언들이 담긴 진지한 문장과 재치 있는 농담 들을 이야기 사이사이에 끼워넣었고 너무 호의적이지도 너무 적대적이지도 않게 사람과 사건들을 평했으며 프리쉴라도 자기처럼 이야기할 수 있게 해 주었다. 그녀에게도 자기 의견을 말할 수 있는 기회를 줬고 세련된 질문으로 그녀를 격려했다.

"오, 정말 매력적인 이야기꾼이에요."

프리쉴라는 이렇게 말하고 즐거워했다.

아질울포는 처음 이야기를 시작할 때처럼 갑자기 침묵 속에 빠져들었다.

"이제 노래할 시간이에요."

프리쉴라가 이렇게 말하더니 손뼉을 쳤다. 류트를 연주하는 여자들이 방 안으로 들어왔다. 한 여자가 이런 노래를 불렀다. 「유니콘이 장미를 꺾으리라」 그러자 다른 여자는 또 이런 노래를 불렀다. 「자스민, 예쁜 방석들을 아름답게 꾸며 주렴.」

아질울포가 음악과 노래하는 여인들의 목소리에 대한 의견을 말했다.

소녀들이 춤을 추며 들어왔다. 얇은 튜닉을 입고 머리에는 작은 화관을 쓰고 있었다. 아질울포는 철 장갑으로 박자에 맞춰 식탁을 두드리며 춤에 한몫 끼었다.

하녀들의 숙소인 성의 다른 쪽 날개에서 벌어지는 춤판 역시 유쾌했다. 옷을 거의 다 벗은 젊은 여인들이 공놀이를 하면서 구르둘루를 자신들의 놀이에 끼워 넣으려고 했다. 여인들이 빌려

준 꽉 끼는 튜닉을 입은 하인 구르둘루는 자기 자리에 서서 여자들이 던진 공을 기다리는 게 아니라 공의 뒤를 쫓아 달리고 어떻게든 공을 손에 넣으려고 이 여자 저 여자에게 몸을 던졌다. 그리고 이 혼란 속에서도 종종 다른 생각에 들떠 여자를 끌어안고는 주변에 깔아 놓은 부드러운 방석 위로 굴러갔다.

"오, 그런데 뭐하는 거야? 싫어, 싫어, 이 얼간이야! 오, 이 사람이 내게 무슨 짓을 하는지 좀 봐. 싫어, 난 공놀이를 하고 싶어, 아! 아! 아!"

구르둘루는 이미 정신을 차릴 수가 없었다. 여자들이 그를 씻겨 주던 미지근한 목욕물과 여인들의 향기와 장밋빛이 도는 하얀 살들 속에서 이제 그가 품은 단 하나의 욕망은 그 방의 전체적인 향기와 뒤섞여 버렸다.

"아, 아, 다시 한 번, 우, 하느님 맙소사, 그래도 조금 느껴 봐, 아아아아……."

다른 여자들은 아무 일도 없다는 듯이 공놀이를 했고 떠들고 웃고 노래했다.

"봐, 봐, 달은 높이 떠 있고……."

구르둘루가 방석 위로 끌고 왔던 여자는 마지막으로 아주 긴 고함을 지르더니 약간 상기되고 약간 놀란 듯한 얼굴로 자기 친구들에게 돌아갔다. 그리고 웃고 박수를 치면서 다시 공놀이를 시작했다.

"자, 자, 여기 내게 줘!"

시간이 그다지 많이 흐르지 않았는데 구르둘루는 다른 여자에게 굴러갔다.

"자, 쉬, 쉬, 지겨워, 왜 이렇게 급한 거야, 싫어, 아프단 말이야,

말 좀 해 봐……."

그러더니 그 여자는 굴복하고 말았다.

공놀이를 하지 않는 다른 여자들과 소녀들은 긴 의자에 앉아 자기들끼리 이야기를 나누었다.

"……그런데 너희들도 알잖니, 필로메나가 클라라에게 질투를 느껴……."

이야기를 하던 여자는 구르둘루가 자기 허리를 껴안고 있음을 알게 되었다.

"아이, 깜짝이야……! 하지만 내가 말했잖니, 윌리엄은 에우페미아와 함께 떠난 것 같아……. 그런데 날 어디로 데려가는 거야……?"

구르둘루는 어깨에 그녀를 둘러메고 있었다.

"……얘들아, 알겠니? 그 사이 다른 멍텅구리는 보통 때처럼 질투에 사로잡혀 있었던 거야……."

여자는 구르둘루의 어깨에 매달려 계속 수다를 떨고 손짓을 하다가 사라졌다.

얼마 지나지 않아 그녀는 머리가 헝클어지고 어깨 끈이 찢어진 채 돌아와서 다시 수다를 떨기 시작했다.

"너희들에게 말해 줄게. 정말 그렇게 됐다니까. 필로메나는 클라라와 한바탕했지. 하지만 그 남자는……."

무용수들과 연주자들이 연회장에서 나갔다. 아질울포는 카롤루스 대제의 음악가들이 자주 연주하는 곡들을 성의 여주인에게 하나하나 길게 이야기해 주었다.

"하늘이 어두워졌어요."

프리쉴라가 말했다.

"밤이 됐군요. 밤이 깊어졌소."

아질울포가 동의했다.

"당신 방을 마련해 뒀어요……."

"고맙소. 저기 정원에서 들리는 나이팅게일 소리를 들어 보시오."

"당신 방을 마련해 놓았어요……. 바로 제 방이에요."

"당신의 접대는 더할 나위 없이 훌륭하오……. 나이팅게일이 저쪽 떡갈나무에서 우는군요. 창가로 가 봅시다."

그는 일어서서 갑옷의 팔을 그녀에게 내민 뒤 창턱으로 다가 갔다. 나이팅게일이 우는 소리에서 그는 시적인 이야기들이나 신화적인 이야기들을 풀어 놓을 실마리를 찾았다.

하지만 프리쉴라가 단호하게 그 말을 잘랐다.

"나이팅게일은 사랑을 위해 우는 거예요. 그리고 우리는……."

"아! 사랑!"

아질울포가 깜짝 놀란 것처럼 어찌나 날카롭게 소리를 질렀 던지 프리쉴라는 온몸이 오싹했다. 그러더니 아질울포는 쉬지 않고 사랑의 열정에 관한 주제에 몰두했다. 프리쉴라는 서서히 달아오르기 시작했다. 그녀는 아질울포의 팔에 몸을 기대고 그 를 기둥이 달린 커다란 침대가 놓인 방 쪽으로 밀었다.

"고대인들은 사랑을 신으로 간주했기 때문에……."

아질울포가 유창하게 계속 말했다.

프리쉴라는 이중 자물쇠로 문을 걸고 그의 곁으로 가서 갑옷 에 머리를 기대고 말했다.

"전 조금 추워요. 난로가 꺼졌어요."

"고대인들은…… 추운 방에서 사랑을 나누는 게 더 나은지,

따뜻한 방이 더 나은지에 대해 애매모호한 견해를 보였다오. 하지만 많은 사람들의 충고에 따르면……."

"오, 당신은 어쩌면 그렇게 사랑에 대해 많이 아세요……."

프리쉴라가 속삭였다.

"사람들은 대부분 숨 막힐 정도로 더운 방이 아니라 적당히 따뜻한 방이 좋다고 충고하는 경향이 있소."

"하녀들을 불러 불을 피우라고 할까요?"

"아니오, 내가 직접 하겠소."

그는 벽난로에 쌓인 장작들을 살펴보고 이런저런 장작의 불꽃을 칭찬하고 야외나 실내에서 불을 피우는 다양한 방법들을 열거했다. 프리쉴라의 한숨에 그가 이야기를 중단했다. 이런 대화가 지금 익어 가는 사랑의 분위기에 찬물을 끼얹는다는 걸 깨닫기라도 한 듯 아질울포는 재빨리 화제를 바꿔 열정적인 감정과 감각들을 불꽃과 비유하고 비교했다.

프리쉴라는 이제 눈을 반쯤 감고 미소를 지었고 탁탁 소리를 내며 타기 시작하는 장작불 쪽으로 손을 뻗으며 말했다.

"정말 기분 좋고 따뜻해……. 침대 시트 속에 들어가 이 기분을 즐긴다면 얼마나 달콤할까……." 침대로 화제가 돌아가자 아질울포는 새로운 의견들을 이야기했다. 그의 말에 따르면 프랑스 하녀들은 어려운 기술을 필요로 하는 침대 정리를 대수롭지 않게 생각해서 지금 대부분의 귀족 저택에서 제대로 정리된 침대 시트를 찾기가 어렵다고 했다.

"오, 저런, 제 침대도……? 말씀해 주세요."

과부가 물었다.

"분명 당신 침대는 황제의 제국 그 어느 땅에서도 찾아보기

어려운 최고의 여왕 침대지요. 하지만 저는 아주 사소한 것이라도 당신 주변 물건이 당신과 잘 어울리길 바라기 때문에 접힌 이 부분이 거슬리는군요."

"오, 접힌 곳이요!"

프리쉴라가 소리쳤다. 이제 완벽함에 열중하는 아질울포의 성격이 그녀에게도 전해졌다.

그들은 침대 시트를 한 겹 한 겹 벗겨 내면서 조금 접힌 곳과 주름 진 곳, 너무 팽팽하거나 느슨한 곳을 찾아내 불평했다. 이런 탐색을 하면서 바늘에 찔린 듯한 고통을 맛보기도 했고 아주 높은 하늘로 올라갈 듯한 기쁨을 맛보기도 했다.

매트리스만 남겨 놓고 침대를 완전히 뒤집어놓은 아질울포는 규칙에 따라 침대를 다시 정리해 나갔다. 그는 아주 꼼꼼하게 일했다. 하나라도 되는대로 하는 법이 없었으며 알려지지 않은 비밀스러운 방법들을 사용해 나갔다. 그는 과부에게 그 방법을 장황하게 설명했다. 하지만 가끔씩 무엇인가가 마음에 차지 않아서 처음부터 다시 시작하곤 했다.

성의 다른 쪽 날개에서는 고함 소리, 아니 황소 울음소리나 나귀 울음소리 같은 소리가 거침없이 터져나왔다.

"무슨 일일까요?"

프리쉴라가 몸을 떨었다.

"아무것도 아니랍니다. 내 하인 목소리요."

아주 날카로운 다른 소리들이 그 고함 소리와 뒤섞였는데, 그 소리들은 하늘이라도 찌를 듯한 탄식 같았다.

"그런데 대체 무슨 일이 벌어진 거지?"

아질울포가 혼잣말을 했다.

"아, 처녀애들이에요. 노는 거죠…… 알다시피 젊잖아요."

그리고 그들은 가끔씩 밤의 소리들에 귀를 기울이면서 계속 침대를 정리했다.

"구르둘루가 소리치는군……"

"저 애들이 왜 저 난리일까……"

"나이팅게일이군……"

"귀뚜라미들이에요."

이제 침대는 흠 하나 없이 정리되었다. 아질울포가 과부를 향해 몸을 돌렸다. 그녀는 알몸이었다. 옷들은 바닥에 얌전히 놓여 있었다.

"보통 알몸의 귀부인들에게 이렇게 충고한답니다. 최고의 성적 감동을 얻으려면 갑옷 입은 전사에게 안기라고 말입니다."

"멋져요. 이리 와서 제게 일러주세요! 전 풋내기가 아니에요!"

그녀는 이렇게 말하더니 깡충 뛰어서 아질울포에게 달려들어 팔과 다리로 갑옷을 껴안았다.

그녀는 갑옷에게 안길 수 있는 방법을 하나하나 모두 시험해 본 뒤 힘없이 침대로 갔다.

아질울포는 그녀의 머리맡에 무릎을 꿇고 앉았다.

"이 머리칼들."

프리쉴라는 옷은 벗었지만 높게 틀어올려 치장한 갈색 머리는 그대로 뒀다. 아질울포는 풀어헤친 머리카락들이 감각을 전달하는 데 어떤 역할을 하는지 실례를 들어 설명하기 시작했다.

"우리 한번 해 봅시다."

그는 철 손으로 정확하고 섬세하게, 성처럼 땋아올린 프리쉴라의 머리를 풀어 가슴과 어깨로 흘러내리게 했다.

"하지만 완벽하게 장식을 한 데다가 베일을 두르고 머리에 보석 장식까지 한 귀부인보다 나체 귀부인을 더 좋아하는 남자는 음흉한 인간이 틀림없습니다."

아질울포가 덧붙였다.

"다시 한번 해 볼까요?"

"내가 직접 머리를 빗겨 주겠소."

아질울포는 그녀의 머리를 빗겨 주고 능숙한 솜씨로 땋고, 땋은 머리를 돌려 머리핀으로 머리 위에 고정해 주었다. 그러고 난 뒤 화려한 베일과 보석으로 머리 장식을 준비했다. 그렇게 한 시간이 지나갔다. 하지만 기사가 거울을 내밀었을 때 프리쉴라는 자기 모습이 조금도 아름다워 보이지 않았다.

프리쉴라는 그에게 자기 옆에 누우라고 권했다.

"사람들의 말에 따르면 클레오파트라는 매일 밤 갑옷 입은 전사가 자기 침대에 드는 꿈을 꾸었답니다."

"전 한 번도 경험해 본 적이 없어요."

프리쉴라가 고백했다.

"모두들 침대에 들기 전에 갑옷을 다 벗었거든요."

"그러면 이제 경험해 보구려."

그러더니 그는 천천히 갑옷을 입은 그대로 시트를 구기지 않고 정확하게 침대에 들어가 무덤에 들어간 것처럼 반듯하게 누웠다.

"그런데 칼집에서 칼을 빼 놓지도 않으세요?"

"사랑의 열정에는 걸릴 게 없다오."

프리쉴라는 황홀하게 눈을 감았다. 아질울포는 팔꿈치를 짚고 몸을 일으켰다.

"장작불에서 연기가 나는군요. 벽난로가 왜 연기를 빨아들이지 않는지 가서 보고 오겠소."

창가에는 달이 떠 있었다. 벽난로에서 침대 쪽으로 돌아오던 아질울포가 걸음을 멈추었다.

"부인, 성 위 탑에 올라가 깊은 밤의 달빛을 구경해 봅시다."

아질울포는 자기 망토로 여자를 감쌌다. 그들은 꼭 껴안고 탑 위로 올라갔다. 달빛에 숲이 은빛으로 빛났다. 부엉이가 울었다. 아직도 불 켜진 창이 있었고 가끔씩 고함 소리와 웃음소리, 또는 탄식 소리, 그리고 당나귀 우는 듯한 하인의 목소리가 새어 나왔다.

"모든 자연이 사랑에 빠졌군……."

그들은 방으로 돌아왔다. 벽난로 불은 거의 꺼져 있었다. 그들은 난로 곁에 웅크리고 앉아 꺼져 가는 불씨를 입으로 불었다. 서로 가까이 앉아 있었기 때문에 프리쉴라의 분홍빛 무릎이 아질울포의 금속 무릎 보호대에 스치면서 새롭고 아주 순수한 친밀감이 생겨났다.

프리쉴라가 다시 침대에 눕자 어느새 여명이 창문으로 스며들었다.

"첫 새벽의 빛만큼 여인의 얼굴을 변화시키는 건 이 세상에 없다오."

아질울포가 말했다. 하지만 그녀의 얼굴이 최상의 빛에 드러날 수 있도록 아질울포는 침대와 침대에 달린 기둥을 옮겨야 했다.

"제 모습 어때요?"

과부가 물었다.

"너무 아름답소."

프리쉴라는 행복했다. 하지만 금방 해가 떠오르기 시작했고 아질울포는 그 빛을 따라다니기 위해 계속 침대를 옮겨야 했다.

"날이 밝아 오오."

아질울포가 말했다. 그의 목소리는 어느새 변해 버렸다.

"기사인 나의 임무 때문에 이 시간쯤이면 벌써 출발했어야 합니다."

"벌써요!"

프리쉴라가 애석해하며 말했다.

"친절하신 부인, 나도 괴롭습니다. 하지만 아주 중대한 임무가 저를 떠미는군요."

"오, 그렇게 멋졌는데……."

아질울포가 무릎을 꿇었다.

"저의 행운을 빌어 주십시오, 프리쉴라."

그가 일어섰고 자기 하인을 불렀다. 성 안 구석구석을 찾아다니다가 결국은 개집 같은 데서 기진맥진해서 죽은 듯이 곯아떨어져 있는 구르둘루를 찾아냈다.

"빨리 말에 타라!"

하지만 아질울포가 직접 그를 말 위에 실어야만 했다. 계속 높이 솟아오르는 태양 때문에 두 사람의 그림자가 황금빛으로 빛나는 숲 속 나뭇잎들에 드리웠다. 하인의 그림자는 불안정하게 균형 잡힌 짐꾸러미 같았고 기사의 그림자는 호리호리한 포플러 그림자처럼 꼿꼿하게 흔들렸다.

처녀들과 하녀들이 프리쉴라 주변으로 몰려들었다.

"어땠어요, 마님. 어땠어요?"

"오, 너희들은 한 가지만 알면 돼. 그 사람은 남자야, 진짜 남자야……."

"그래도 말씀해 주세요. 이야기해 주세요. 어땠어요?"

"남자야……. 진짜 남자야……. 하룻밤 내내 천국이었어……."

"그런데 기사님이 어떻게 했어요? 어떻게 했어요?"

"뭐라고 말해야 할까? 오, 멋져, 멋있어……."

"그분이 그렇게 완벽하단 말이에요, 예? 글쎄…… 이야기 좀 해 주세요……."

"지금은 어떻게 말해야 할지 모르겠어…… 할 말이 너무 많아…… 그런데 그것보다 너희는 그 하인과 어땠니……?"

"에? 오, 아무 일도 없었어요. 난 몰라요. 넌 혹시? 너도 아니야? 전 아무것도 생각나지 않아요……."

"뭐라고? 이야기 좀 해 봐라, 얘들아."

"아니, 몰라요, 불쌍한 남자예요. 난 기억이 안 나요. 아무것도 기억이 안 나요. 혹시 넌……?"

"나? 마님, 기사님에 대해서 말씀해 주세요, 예? 아질울포 기사님은 어땠나요?"

"오, 아질울포!"

9

거의 글자를 알아볼 수 없을 정도로 오래된 종이 위에 적힌 옛 연대기를 좇으면서 이 이야기를 쓰는 나는 지금까지 내가 그저 쪽수만 채워 왔을 뿐이며 내가 하고 싶은 이야기의 서두를 아직 제대로 꺼내지도 못했다는 걸 깨닫는다. 이제 나는 진짜 사건을 전개해야 한다. 그러니까 소프로니아의 처녀성을 증명하기 위해 그녀를 추적하는 아질울포와 그 하인의 모험에 가득 찬 여행을 이야기해야 한다. 또 그 여행과, 아질울포를 뒤따르며 랭보로부터 추적당하는 브라다만테의 여행과, 사랑에 빠진 랭보의 여행과 성배 기사단을 찾는 토리스먼드의 여행이 섞여야 한다. 하지만 이런 줄거리의 이야기가 내 손가락 사이에서 거침없이 흘러나오는 게 아니라 자꾸만 질질 끌리고 난관에 부딪힌다. 그리고 아직도 내가 종이 위에다 얼마나 많은 여행과 장애물들과 추적과 속임수와 결투와 마상 시합을 써넣어야 할지를 생각하면 아찔할 정도다. 수녀원의 필사자가 지켜야 할 규율과, 언어를 찾고 사물의 궁극적인 본질을 숙고하는 나의 부지런한 회개 덕택에 내가 얼마나 변했는지 모른다. 속세인들이 (지금까지의 나도 여기에 속한다.) 이야기를 읽을 때 가장 큰 즐거움으로 생각하는 것, 즉 모든 기사 소설에 들어가 있는 모험담이 지금 내게는 불필요한 부속물이나 생기 없는 장식, 내 작업 중 가장 불쾌한 부분처럼 느껴진다.

난 달리듯 이야기하고 싶고 서둘러 이야기하고 싶으며 한 편의 시가 되고도 남을 만한 결투와 전투 이야기 들로 이 종이들을 채우고 싶다. 하지만 글을 쓰다가 잠시 중단하고 내가 써 놓은 글을 다시 읽어 보려고 하면 내 펜이 종이 위에 아무런 흔적도 남기지 못했고 종이는 그냥 백지로 남아 있음을 깨닫는다.

내가 원하는 대로 이야기하기 위해서는 이 하얀 종이가 붉은 빛 도는 암석들로 가득 메워져야 하고 자갈 섞인 굵은 모래들로 잘게 부서져야 하고 또 노간주나무같이 가시 돋친 식물들이 그 위에서 자라나야 한다. 나는 창을 들고 꼿꼿하게 말안장에 앉은 아질울포를 길도 제대로 나지 않아 구불구불한 곳 한가운데로 지나가게 하고 싶다. 하지만 이 종이는 암벽에 둘러싸인 길로 변해야 할 뿐만 아니라 동시에 그 길 위에 평평하게 드리운 하늘이 되기도 해야 한다. 그 하늘은 너무나 낮게 드리워 하늘과 땅 사이로 까마귀가 울며 날아갈 공간밖에 없을 정도다. 난 펜으로 종이 위에 그런 모습을 그릴 수 있지만 가볍게 하고 싶다. 풀밭은 사람들 눈에 띄지 않게 풀 속에 숨은 뱀이 기어 지나가는 모습으로 그려져야 하고 황무지는 갑자기 밝은 곳으로 나와 잠깐 걸음을 멈추고 짧은 콧수염을 움직이며 주위 냄새를 맡다가 어느새 사라져 버린 산토끼가 지나간 것처럼 보여야 하기 때문이다.

아무것도 보이지 않고, 표면적으로는 아무 변화도 없는, 이렇게 텅 빈 페이지에서 모든 것은 움직인다. 결국 모든 게 울퉁불퉁한 이 세상의 표면에서 움직이지만 세상을 전혀 변화시키지 않듯이. 지금 내가 글을 쓰는 이 종이처럼 동일한 물질이 세상에 확장되어 있을 뿐이기 때문이다. 이러한 확장은 여러 형태와 밀도 그리고 다양한 농담의 색깔로 수축되고 응축되지만 그래도 편평한 표면 위에 덧칠해진 모습으로, 또 털이나 깃털투성이 덩어리, 혹은 거북이 껍질처럼 마디투성이 덩어리로도 형상화될 수 있다. 그리고 그와 같은 털 덩어리, 깃털 덩어리, 마디 덩어리들은 종종 움직이는 듯 보이기도 한다. 혹은 근본적으로 변한 것은 아무것도 없는데 균일한 물질들이 주변으로 확장될 때 다양한 특성들이 부여되면서 그들의 관계에 변화가 생기기도 한다. 여기 이 한가운데서 분명하게 움직일 수 있는 사람은 아질울포뿐이라고 우리는 말할 수 있다. 나는 그의 말이나 갑옷이 아니라, 스스로에 대한 불안을 느끼고 초조해하며 지금 말을 타고 여행하는 갑옷 속에 들어 있는 단 하나뿐인 그 무엇을 이야기하려 한다. 그의 주변에 서 있는 소나무 가지에서 솔방울들이 떨어지고 작은 냇물이 돌멩이 사이로 흐르고 그 냇물에서는 물고기들이 헤엄치고 나비 유충들이 나뭇잎을 갉아 먹고 거북이들이 딱딱한 배로 땅 위를 기어간다. 하지만 그것은 환영 같은 움직임일 뿐이며 돌고 도는 바다의 파도처럼 영원히 순환할 뿐이다. 그리고 이런 파도 속에서, 사물이라는 양탄자의 포로이며 그 역시 솔방울, 물고기, 유충, 자갈, 나뭇잎 들에 뒤덮여 버린, 세상이라는 껍데기에 단순한 혹으로 붙어 있는 구르둘루가 돌고 또 돈다.

이 종이 위에 브라다만테나 랭보, 혹은 우울한 토리스먼드의 질주를 그려 내기란 얼마나 힘든가! 마치 종이 뒤에서 핀으로 누르면 앞편에 생기는 흔적처럼 그렇게 아주 약하게 균일한 표면을 스쳐 지나가게 해야 할 것이다. 이러한 가벼운 스침과 긴장은 언제나 세상 사건들을 가득 담고 그에 젖어 있어야 할 것이다. 그리고 바로 그렇게 될 때 의미와 아름다움과 고통과 진정한 마찰과 움직임이 존재할 것이다.

하지만 내가 하얀 종이에서 용장들이 말을 타고 달리는 것을 읽게 하려고, 종이를 이렇게 잘게 나누고 그 위에 계곡과 골짜기 들을 만들어 내고, 주름살이나 찰과상 하나까지 다 적어 넣기 시작한다면 어떻게 이야기를 계속 진행해 나갈 수 있겠는가? 프랑스의 온화한 어떤 지방과 자부심 강한 브르타뉴, 검은 파도가 넘실거리는 영국 운하, 그 위의 고지대 스코틀랜드, 그 아래의 험준한 피레네 산맥, 그리고 아직도 이교도들의 손에 있는 스페인과 뱀들의 어머니인 아프리카 지방들을 종이에 그린다면 내 이야기를 펼치는 데 훨씬 더 도움이 될 것이다. 그리고 나는 화살과 작은 십자가와 숫자 들을 이용해서 여러 주인공들의 행보를 표시할 수 있을 것이다. 벌써 굴곡이 몇 번 있기는 했지만 나는 그래도 빠른 직선 하나로 아질울포를 영국에 상륙할 수 있게 했고 십오 년 전 소프로니아가 은둔했던 수녀원으로 곧장 가게 했다.

아질울포가 수녀원에 도착했을 때 수녀원은 폐허 더미가 되어 있었다.

"한발 늦으셨습니다, 기사 나리."

어떤 노인이 말했다.

"이 계곡에는 아직도 불행한 여인들의 비명 소리가 울려 퍼집니다. 이 해안에 상륙한 무어의 해적 떼들이 얼마 전에 수녀원을 약탈하고 수녀들을 모두 노예로 끌고 가면서 벽에 불을 질러 버렸답니다."

"데리고 갔다고요? 어디로?"

"노예로 팔려고 모로코로 데려갔습죠, 나리."

"그 수녀들 중 속세에서 스코틀랜드 왕녀였던 소프로니아가 있었소?"

"아, 팔미라 수녀를 말씀하시는군요! 있었느냐고요? 그 불한당놈들이 금방 그 수녀님을 어깨에 메고 가 버렸는걸요! 팔미라 수녀님은 젊은 처녀는 아니었지만 여전히 매력적이었습니다. 그녀가 그 못생긴 놈들에게 붙들려 지르던 비명 소리가 아직도 귓가에 생생합니다."

"약탈할 때 당신들도 있었소?"

"무슨 말씀이십니까, 우리는 이 고장 사람인걸요. 아시다시피 항상 광장에 모여 있지요."

"그런데 구해 주지 않았단 말이오?"

"누구를 구해 준단 말입니까? 글쎄, 나리, 잘 아시겠지만…… 너무나 갑작스럽게 벌어진 일이라서…… 저희를 지휘해 줄 사람도 없고 경험도 없다 보니…… 저희는 제대로 못할 바에는 아무런 행동도 하지 않는 게 좋다고 생각한답니다."

"그런데 말해 주시오. 소프로니아가 수녀원에서 신앙 생활을 했나요?"

"요즈음 수녀들 중에는 별의별 여자들이 다 있지만 팔미라 수녀님은 전 교구를 통틀어 가장 신앙심 깊고 정숙한 분이셨지요."

"구르둘루, 빨리 항구로 가서 모로코로 가는 배를 타자."

지금 내가 구불구불한 작은 줄로 그리는 것은 전부 다 바다, 아니 대양이라고 하는 게 낫겠다. 지금 나는 아질울포가 여행을 계속하기 위해 탄 배를, 그리고 거기서 조금 더 가서 어마어마하게 큰 고래, 장식 띠를 두르고 '대양'이라는 단어가 적힌 고래 한 마리를 그린다. 이 화살은 뱃길을 나타낸다. 고래의 길을 나타내는 또 다른 화살 하나도 그릴 수 있다. 자, 이제 두 화살이 만난다. 그러니까 대양의 어떤 지점에서 배와 고래가 충돌할 것이다. 그리고 내가 고래를 배보다 훨씬 더 크게 그려 놓았기 때문에 배는 위험한 상황에 처할 것이다. 나는 바로 이 지점에서 배와 고래의 격렬한 싸움이 벌어졌다는 것을 표현하기 위해 사방에서 서로 교차하는 수많은 화살들을 그린다. 아질울포는 용감하게 싸우며 고래 옆구리를 창으로 찌른다. 거기서 솟구쳐 나온 메스꺼운 고래 기름이 그의 온몸을 뒤덮는다. 구르둘루가 배는 잊은 채 고래 위로 뛰어 오른다. 고래가 꼬리로 배를 한 번 치자 배가 뒤집혀 버린다. 철 갑옷을 입은 아질울포는 곧장 바닷속에 가라앉아 버린다. 완전히 파도에 휩쓸리기 전에 아질울포는 하인에게 소리친다.

"모로코에서 다시 만나자! 나는 걸어서 가겠다!"

실제로 수천 킬로미터 깊이의 바닷속으로 떨어지다가 아질울포는 바다 밑바닥 모래에 똑바로 서서 성큼성큼 걸어가기 시작한다. 종종 바다 괴물들을 만나기도 하는데 그럴 때면 검을 휘둘러 몸을 보호한다. 여러분들도 이미 잘 알겠지만 갑옷이 깊은 바다에 잠겼을 때 불편한 점이 딱 한 가지 있다. 바로 녹이 스는 일이다. 하지만 머리끝에서 발끝까지 고래 기름을 뒤집어썼기 때문에 하얀 갑옷 위에 기름 층이 하나 생겨 물속에서도 안전할 수 있다.

지금 나는 대양에 거북 한 마리를 그린다. 구르둘루는 바다가 자기 속으로 들어와야 하는 게 아니라 바다에 빠져야 하는 것이 바로 자신이라는 사실을 깨닫기 전에 벌써 짠 바닷물을 한 바가지나 마셔 버렸다. 그리고 마침내 커다란 바다거북의 껍질에 매달린다. 거북이 가는 대로 그냥 내버려두기도 하고 거북을 꼬집거나 쑤셔 대서 가는 방향을 잡아 주려고 애쓰기도 하면서 아프리카 해안에 다가간다. 이 해안에서 구르둘루는 사라센 어부들의 그물에 휩쓸려 들어간다.

그물들을 배 위로 끌어올린 어부들은 펄펄 뛰는 숭어 떼 속에서 이끼 낀 옷을 걸치고 해초에 뒤덮인 남자를 보았다.

"물고기 인간이다! 물고기 인간이다!"

어부들이 소리쳤다.

"물고기 인간은 무슨, 구디-우수프구먼! 구디-우수프야, 내가 그를 알지."

우두머리 어부가 말했다.

사실 구디-우수프는 구르둘루가 회교도 취사장 주변을 어슬렁거릴 때 붙은 이름 중 하나였다. 그때 구르둘루는 사람들 눈에 띄지 않고 몰래 경계선을 넘어 술탄의 병영에 가곤 했다. 우두머리 어부는 스페인 지역에 진을 친 무어 부대에서 군대 생활을 했다. 그는 구르둘루의 육체가 건장하고 영혼은 다루기 쉽다는 것을 잘 알기 때문에 자기와 함께 조개 잡는 어부 일을 하게 했다.

어느 날 밤 어부들과 그 어부들 틈에 섞인 구르둘루가 모로코 해변의 돌 위에 앉아 잡아 온 조개들을 하나하나 열어 보고 있을 때 바닷물에서 투구 꼭대기와 투구와 몸통 갑옷, 그리고 마침내 완전한 갑옷이 솟아나와 한 걸음 한 걸음 걸어서 해변으로 왔다.

"가재 인간이다! 가재 인간이다!"

어부들이 겁에 질려 소리치며 바위 뒤로 몸을 숨기러 달아났다.

"가재 인간이라니, 무슨 소리야!"

구르둘루가 말했다.

"우리 주인이야! 피곤하시겠어요, 기사님. 정말 걸어오셨군요!"

"조금도 피곤하지 않다. 그런데 넌 여기서 뭘 하는 거냐?"

아질울포가 말했다.

"저희는 술탄에게 바칠 진주를 찾고 있습니다."

퇴역 군인이 끼어들었다.

"매일 밤 술탄은 새로운 후궁에게 새 진주를 선물해야 하거든요."

술탄의 후궁은 삼백육십다섯 명이기 때문에 술탄은 매일 밤 한 후궁의 방에 들었다. 그래서 삼백육십다섯 후궁은 일 년에 겨우 한 번 술탄을 만날 수 있었다. 술탄은 자신이 방문하는 후궁에게 진주를 선물로 갖다주곤 했다. 그래서 매일 상인들이 가장 신선한 진주를 그에게 갖다 바쳐야 했다. 그날은 상인들이 가지고 있던 진주가 바닥났기 때문에 값이 어찌 되었든 간에 진주를 마련해 줄 수 있는 어부들에게 달려왔다.

"나리는 바다 깊은 곳에서도 그렇게 잘 걸으실 수 있다니 우리와 함께 사업을 해 보시지 않겠습니까?"

퇴역 군인이 아질울포에게 말했다.

"기사는 이익을 목적으로 삼는 사업에 참여할 수 없소. 특히 종교상 적들이 하는 사업에는 더더욱 그렇소. 하지만 이교도인이여, 내 하인을 구해 주고 먹여 준 것을 정말 고맙게 생각하오. 그래도 오늘 밤 당신네 술탄이 삼백예순다섯 번째 후궁에게 진주를 선물하지 못하는 일 같은 건 나와 아무 상관 없소."

"우리에겐 너무나 중요한 일입니다. 진주를 갖다 바치지 못하면 매를 맞을 테니까요."

어부가 말했다.

"오늘 밤은 다른 날과는 다르답니다. 술탄이 처음 방문하는 새 후궁 차례거든요. 지금부터 거의 일 년 전에 해적들이 팔아 넘긴 여자인데 오늘밤까지 자기 차례를 기다렸습니다. 술탄이 빈손으로 그녀 앞에 나타나는 건 옳지 않은 일이지요. 더욱이 그녀의 종교는 당신 종교와 같아요. 스코틀랜드 왕가 태생의 소프로니아라는 여잔데 노예로 모로코에 왔다가 우리 폐하의 후궁이 된 거죠."

아질울포는 자기 감정을 드러내지 않았다.

"내가 여러분들에게 곤경에서 벗어날 수 있는 방법을 일러 주겠소."

아질울포가 말했다.

"상인들이 술탄에게 이번 새 후궁에게는 진주를 선물하는 대신 고향을 멀리 떠나온 새 후궁의 향수를 달래 줄 수 있는 선물을 갖다주라고 권하는 거요. 그 선물은 바로 기독교 전사들이 입는 완벽한 갑옷이오."

"하지만 그런 갑옷을 어디서 구한단 말이오?"

"내 갑옷이 있지 않소!"

아질울포가 말했다. 소프로니아는 후궁들이 머무르는 궁전의 자기 방에서 밤이 오길 기다리고 있었다. 그녀는 뾰족한 창문 쇠 창살 사이로 정원의 종려나무들과 연못과 화단을 바라보았다. 해가 기울고 있었고 무에진*이 큰소리로 기도 시간을 알렸고 정원에는 해 질 녘에 피어나는 향기로운 꽃들이 봉우리를 열었다.

문 두드리는 소리가 들렸다. 시간이 된 것이다! 아니, 평상시에 보던 내시들이다. 그들은 술탄이 보낸 선물을 가져왔다. 갑옷이다. 완전히 새하얀 갑옷이다. 이게 대체 무얼 의미하는 걸까? 다시 홀로 남은 소프로니아는 다시 창가에 가서 섰다. 그녀는 거의 일 년 전부터 이 창가에 서 있었다. 그녀가 술탄의 후궁으로 팔려 오자마자 얼마 전 술탄이 버린 후궁의 순번을 받았다. 열한 달 뒤에나 술탄의 방문을 받을 수 있었다. 거기 후궁의 방에서 아무 하는 일 없이 하루하루를 보내는 것은 수녀원 생활보다 더 지겨웠다.

"겁내지 마십시오, 소프로니아 아가씨."

그녀 등 뒤에서 누군가의 목소리가 들려왔다. 소프로니아가 돌아 보았다. 말을 한 건 바로 갑옷이었다.

"전 구일디베르니 가문의 아질울포입니다. 예전에 한 번 당신의 순결을 지켜 준 적이 있지요."

"오, 도와주세요!"

---

* 이슬람 사원에서 기도 시간을 알리는 사람.

술탄의 후궁이 몸을 떨었다. 그녀는 잠시 마음을 가라앉힌 뒤 말했다.

"아, 그렇군요. 이 하얀 갑옷을 언젠가 한번 본 적이 있는 것 같아요. 오래전 도둑이 날 범하려던 바로 그 순간 달려와서 저를 구해 주셨죠……."

"그리고 지금은 이 치욕스러운 이교도의 결혼에서 당신을 구하려고 정확한 순간에 달려왔습니다."

"그래요……. 언제나 당신이…… 계시는군요."

"이제 이 검의 보호 아래 당신을 술탄의 영토에서 데리고 나가겠습니다."

"그래요……. 잘 하시겠지요……."

아질울포는 술탄의 도착을 알리러 온 내시들을 차례차례 검으로 찔렀다. 망토를 둘둘 두른 소프로니아는 기사 옆에 서서 정원으로 달아났다. 통역관들이 위급한 상황을 알렸다. 그들의 언월도는 하얀 갑옷을 입은 전사가 정확하고 민첩하게 휘두르는 검에 거의 대항할 수가 없었다. 그리고 기사의 방패는 경계 초소의 병사들이 다 함께 공격하며 휘둘러 대는 검을 잘 막아냈다. 구르둘루는 선인장 뒤에서 말을 데리고 기사를 기다리고 있었다. 항구에는 기독교도들의 땅으로 출발할 범선 한 척이 이미 마련되어 있었다. 소프로니아는 갑판 위에서 멀어져 가는 해변의 야자나무들을 지켜보았다.

이제 나는 여기 바다 한가운데에 범선 한 척을 그린다. 고래를 만난다 하더라도 뒤집히는 일이 없도록 처음보다 약간 큰 배를 그린다. 이 구불구불한 선으로 범선의 행로를 나타내려고 한다. 난 이 배를 생말로 항구까지 보내고 싶다. 그런데 불행하게도 여기 비스케이 만에서 벌써 선들이 뒤얽히는 혼란이 벌어진다. 범선을 여기서 조금 더, 조금 더 위로, 조금 더 위로 지나가게 하는 게 더 나을 것 같다. 그런데 바로 이 지점에서 브르타뉴 해안의 암초와 부딪히는 사고가 발생한다! 배는 난파해서 물속에 가라앉아 버린다. 그리고 아질울포와 구르둘루는 겨우 소프로니아를 데리고 해변가로 안전하게 몸을 피한다.

소프로니아는 기운이 하나도 없다. 아질울포는 그녀를 동굴에 안전하게 데려다 놓고 자신은 하인과 함께 카롤루스 대제의 병영에 가서 소프로니아는 아직도 순결한 처녀이므로 자신의 이름도 합법적이라는 사실을 알리러 가기로 결정했다. 이제 나는 나중에 동굴을 다시 찾을 수 있게 작은 십자가로 브르타뉴 해안의 이 지점에 표시를 해 두었다. 이제 내 종이 위에는 여러 방향으로 선들이 뒤얽혀 있다. 아, 여기 토리스먼드의 여행과 일치하는 선이 있다. 그러니까 생각에 잠긴 젊은이가 동굴 속에서 소프로니아가 잠들어 있는 동안 바로 이곳을 지난다. 젊은이는 동굴에 다가가고, 안으로 들어가 소프로니아를 발견한다.

10

토리스먼드는 어떻게 이곳에 왔을까? 아질울포가 프랑스에서 영국으로, 영국에서 아프리카로, 아프리카에서 브르타뉴로 돌아오는 동안 콘월 가문의 차남으로 알려진 이 젊은이는 성배 기사단의 비밀 야영지를 찾기 위해 기독교 국가의 숲이란 숲은 모두 샅샅이 뒤지고 다녔다. 기사단은 해마다 자신들의 거처를 바꾸었고 속세 사람들에게 자신들의 존재를 절대 확실하게 드러내지 않았기 때문에 토리스먼드는 이 여행에서 어떤 흔적을 따라 그들을 추적해야 할지 막막하기만 했다. 그는 성배 기사단이라는 이름과 완전히 하나가 된 희미한 느낌을 뒤쫓아 이리저리 돌아다녔다. 그런데 그 느낌이란 그가 찾는 성배 기사단에 관한 것일까? 혹시 스코틀랜드 황무지에서 보낸 어린 시절 기억을 좇는 게 아닐까? 가끔씩 갑자기 낙엽송들이 울창한 검은 숲이 펼쳐지거나 회색 암벽들이 절벽을 이루고 급류가 그 절벽 아래로 흰 거품을 만들어 내며 요란스럽게 떨어지는 모습을 보면 토리스먼드는 설명할 수 없는 감동에 사로잡혔고 이 감동이 그에게는 어떤 예고같이 느껴졌다.

"그래, 어쩌면 그들이 여기 있을지도 몰라. 근처에 있을 거야."

그리고 만약 그 부근에서 음울한 뿔 나팔 소리가 아련하게 들려오기라도 하면 토리스먼드는 더 이상 의심을 품지 않고 기사단의 흔적을 찾아 계곡을 샅샅이 뒤지기 시작했다. 하지만 기껏해야 길을 잃은 사냥꾼들이나 가축을 거느린 목동을 만날 뿐이었다.

쿠르발디아라는 외딴 지방에 도착한 토리스먼드는 어떤 마을에 들러 리코타 치즈와 검은 빵을 조금만 달라고 그 마을의 농부들에게 간청했다.

"드려야죠, 기꺼이 드려얍죠, 젊은 나리."

염소 치는 사람이 말했다.

"하지만 여기 있는 저와 제 아내와 해골처럼 마른 제 자식들을 좀 보십시오! 벌써 저희는 기사단에 너무나 많이 봉납을 하고 있습니다! 나리와 옷은 다르게 입었지만 나리의 동료들이 이 숲에 가득입니다. 완전히 한 부대예요. 나리도 알다시피 그들을 먹여 살리는 건 바로 우리 몫이죠!"

"숲 속에 기사들이 살고 있나요? 어떤 옷을 입고 있나요?"

"하얀 망토를 두르고 양쪽에 하얀 백조 날개가 달린 황금색 투구를 쓰고 있습니다."

"그런데 아주 경건한 사람들인가요?"

"예, 신자들이니까 경건하기도 하겠지요. 돈 같은 것은 한 푼도 가지고 있지 않으니까 돈 때문에 손을 더럽히는 일은 분명 없을 겁니다. 하지만 우리들에게 요구하는 게 많고 우리는 그 요구에 복종해야 합니다! 이제 우리는 모두 가죽만 남았어요. 흉년이랍니다. 다음번에 그들이 오면 뭘 줘야 하지요?"

젊은이는 벌써 숲으로 달려가고 있었다.

풀밭 한가운데로 흐르는 조용한 시냇물 위로 백조 떼들이 천천히 지나가고 있었다. 토리스먼드는 그 백조 떼들을 따라 시냇가를 걸었다. 나뭇가지들 사이로 아르페지오가 울려 나왔다. 나뭇가지들이 차츰차츰 적어지면서 사람이 나타났다. 하얀색 날개들이 장식된 투구를 쓴 전사였는데 검과 함께 작은 하프를 손에 들고 있었다. 그 하프로 가끔씩 이런 가락을 연주했다.

"플링! 플링! 플링!"

그는 아무 말도 하지 않았다. 토리스먼드에게서 시선을 돌리지는 않았으나 그냥 토리스먼드를 쳐다보기만 할 뿐 그의 존재를 깨닫지 못하는 것 같았다. 하지만 계속 토리스먼드를 눈으로 좇는 것같이 보이기도 했다. 나무 몸통과 관목 들이 그들을 갈라 놓자 그 사람은 자신이 연주하던 아르페지오로 토리스먼드를 이끌어 길을 다시 찾게 해 주었다.

"플링! 플링! 플링!"

토리스먼드는 그에게 말을 걸고 질문을 하고 싶었지만 조용히 그리고 압도당한 듯이 그를 따라갔다.

그들은 나무 사이에 난 공터로 나갔다. 여기저기에 칼을 찬 전사들이 있었다. 그들은 황금빛 갑옷을 입고 길고 하얀 망토를 걸치고 시선은 허공을 향한 채 각자 서로 다른 방향으로 몸을 돌리고 꼼짝하지 않았다. 한 전사는 시선을 다른 곳으로 돌리면서 백조에게 밀알을 먹이로 주었다.

연주자가 새로운 아르페지오를 연주하자 말을 탄 전사가 뿔 나팔을 들어 긴 신호음으로 화답했다. 아무 소리도 들리지 않자 전사들이 모두 움직였는데 각자 자기가 향하던 방향으로 몇 걸음 걸어가다가 다시 멈췄다.

"기사님들……"

토리스먼드가 용기를 내 말했다.

"실례합니다. 제가 잘못 알았는지도 모르지만 혹시 당신들이 성배의 기사들 아닙니까……?"

"그 이름을 절대 입 밖에 내서는 안 된다."

등 뒤에서 어떤 목소리가 그의 말을 가로막았다. 머리가 하얗게 센 기사가 토리스먼드의 곁에 꼼짝 않고 서 있었다.

"우리들의 신성한 명상을 방해하는 것만으로는 양이 차지 않는가?"

"오, 용서해 주십시오."

젊은이가 기사 쪽으로 몸을 돌렸다.

"전 당신들과 함께 있는 게 너무나 행복하답니다! 제가 얼마나 당신들을 찾아다녔는지 모르실 겁니다!"

"무엇 때문에?"

"왜냐하면……"

자신의 비밀을 털어놓고 싶은 열망이 너무 커서 신성모독을 범할지도 모른다는 두려움 같은 건 느껴지지 않았다.

"……제가 당신들의 아들이기 때문입니다!"

나이 든 기사는 태연했다.

"이곳에서는 아버지도 아들도 인정하지 않는다."

잠시 침묵을 지키던 기사가 말했다.

"성배 기사단에 들어온 사람은 속세의 모든 혈연을 포기한다."

토리스먼드는 그 말에서 거부감이 아니라 절망감을 느꼈다. 물론 그는 신성한 아버지들이 분노하면서 자신을 거부하리라는 건 이미 예상했다. 그러면 그는 증거를 제시하고 핏줄에 호소해서 그런 거부감과 싸울 수도 있었다. 그런데 그럴 수도 있으리라는 가능성을 부정하지는 않지만 근본적인 문제에 대한 논의를 차단해 버리는 이런 침착한 대답에 토리스먼드는 맥이 빠졌다.

"제 바람은 오로지 이 기사단의 아들로 인정되는 것입니다."

토리스먼드는 계속 우겨 보았다.

"전 기사단에 대한 끝없는 경탄의 마음을 키워 왔습니다."

"자네가 정말 그렇게 우리 기사단을 찬미했다면……."

노인이 말했다.

"오로지 우리 단체의 일원이 되려는 열망만을 가져야 한다."

"그런데 그런 일이 가능한 겁니까? 말씀해 주시겠어요?"

토리스먼드는 금방 새로운 가능성에 매혹당해 소리쳤다.

"네가 그럴 만한 가치가 있는 사람이 되면."

"어떻게 해야 합니까?"

"서서히 모든 열정을 다 씻어 내고 성배에 대한 사랑에 너 자신을 맡겨야 한다."

"오, 당신은 그 이름을 말할 수 있으시군요."

"우리 기사들은 그 이름을 말해도 되지만 너희 속세인들은 안 된다."

"그런데 제게 말씀을 좀 해 주십시오. 왜 여기 있는 사람들은 모두 아무 말도 하지 않고 당신만 말씀을 하는 겁니까?"

"내가 속세인들과 관련된 업무를 맡았기 때문이다. 종종 불순한 말을 사용해야 하는 경우도 있는데, 기사들은 그들의 입으로 성배를 말하는 경우를 빼 놓고는 말을 삼가고 싶어 한다."

"말씀해 주십시오. 제가 어떻게 해야 하는 겁니까?"

"저기 단풍나무 잎사귀 보이지? 그 잎사귀에 이슬방울이 맺혀 있다. 넌 여기 움직이지 말고 서서 그 이슬방울만 쳐다보며 너 자신을 그 이슬방울과 동일시해라. 그리고 그 이슬을 통해 세상의 모든 일을 잊어라. 너 자신을 잊어버리고 성배의 무한한 힘 속에 너 자신이 스며들어 갈 때까지 그렇게 서 있어라."

그러더니 그는 토리스먼드를 그곳에 세워 놓고 떠났다. 토리스먼드는 이슬방울을 뚫어지게 쳐다보았다. 바라보고 또 바라보았다. 자신의 일들이 머릿속에 떠올랐다. 그는 나뭇잎 위에 거미 한 마리가 내려앉는 것을 보았다. 거미를 바라보고 또 바라보았다. 그는 다시 이슬방울을 쳐다보았다. 발이 저려 한쪽 발을 움직였다. 아얏! 그는 지겨웠다. 주위 숲 속에서는 입을 딱 벌리고 눈을 크게 뜬 채, 데리고 다니는 백조들의 부드러운 깃털을 쓰다듬으며 천천히 걷는 기사들이 나타났다가 사라지곤 했다. 그들 중 어떤 사람은 팔을 벌리고 목쉰 소리를 지르며 앞으로 조금 달려나가기도 했다.

토리스먼드는 더 이상 참지 못하고 다시 근처에 나타난 그 나이 든 기사에게 물었다.

"그런데 저 사람들은 왜 저러는 겁니까?"

"무아의 상태에 빠진 거다. 너처럼 그렇게 주의가 산만하고 호기심을 버리지 못한 사람은 절대 알 수 없는 경지야. 저 형제들은 드디어 모든 사물과 완전히 하나가 된 거야."

노인이 말했다.

"그러면 저기 있는 다른 사람들은요?"

젊은이가 물었다. 어떤 기사들이 가볍게 떨듯이 몸을 흔들면서 걸어가다가 하품을 했다.

"아직 중간 단계에 있는 사람들이다. 초심자는 자신이 태양과 별들과 하나가 된 것 같은 기분을 느끼기 전에 가까이 있는 사물들이 자기 안에 들어 있는 것 같은 기분을 아주 강렬하게 느낀다. 이런 현상은 특히 젊은이들에게 많이 일어나는데 분명한 효과를 나타낸다. 네가 본 우리 형제들은 흐르는 시냇물, 살랑이는 나뭇가지들, 땅에서 자라는 버섯들로부터 부드럽고 기분 좋은 자극을 얻는다."

"그런데 그렇게 오래 있으면 지치지 않나요?"

"그들은 서서히 최고 단계에 도달하는데 그 단계에서 기사들은 아주 가까이 있는 사물의 진동에 사로잡히는 게 아니라 천상의 거대한 호흡을 느끼기 때문에 천천히 감각들에서 분리된다."

"모든 사람들에게 그런 일이 일어나나요?"

"소수에게만 일어난다. 그리고 우리 가운데 단 한 분, 선택받으신 분인 성배의 왕에게만 가장 완벽한 형태로 일어난다."

토리스먼드와 노인은 빈터에 도착했는데 그곳에서는 수많은 기사들이 차일을 친 연단 앞에서 무술 훈련을 하고 있었다. 그 차일 밑에는 사람이라기보다는 미라에 더 가까워 보이는 어떤 사람이 꼼짝 않고 앉아 있었다. 아니 웅크리고 있다는 표현이 더 정확할 것 같았다. 그는 성배의 기사들과 똑같은 옷을 입고 있었지만 훨씬 더 호사스러워 보였다. 두 눈을 그냥 뜨고 있는 게 아니라 부릅뜨고 무엇인가를 노려보는 것 같았고 얼굴은 마치 마른 밤처럼 쭈글쭈글했다.

"저 분은 살아 있는 건가요?"

젊은이가 물었다.

"살아 있지. 하지만 지금은 먹을 필요도 없고 움직일 필요도 없고 용변을 볼 필요도 없고 거의 숨을 쉴 필요조차 없을 정도로 성배에 대한 사랑에 사로잡혀 계신다. 보지도 듣지도 않으신다. 아무도 저 분이 무슨 생각을 하는지 알 수 없어. 분명 저 멀리 떨어진 행성의 흐름을 깊이 생각하고 계실 거야."

"보지 않는다면 왜 이런 열병식을 참관하게 하는 거지요?"

"성배의 의식이니까."

기사들은 검을 휘두르며 서로를 공격했다. 그들은 허공을 바라보면서 갑작스럽게 검을 휘둘렀는데 바로 다음 순간 무슨 일이 벌어질지 전혀 예측할 수 없을 정도로 돌발적이고 무겁게 움직였다. 하지만 검을 잘못 찌르는 일은 한 번도 없었다.

"그런데 저렇게 반쯤 조는 듯한 분위기로 어떻게 전투를 할 수 있는 겁니까?"

"우리들 내부에서 검을 움직여 주는 것은 바로 성배다. 우주에 대한 사랑은 무시무시한 분노로 바뀔 수도 있고 우리는 그 사랑에 떠밀려 애정을 기울여 적을 찌를 수도 있다. 우리 기사단은 전투를 할 때 전력을 기울이지도 않고 선택을 하지도 않기 때문에 패배할 수도 있지만 우리 몸을 통해 발산되는 성스러운 분노를 남겨 놓는다."

"그런 일들이 뜻대로 잘 되나요?"

"물론이다. 남아 있는 인간의 의지를 모두 던져 버리고 아주 작은 행동이라도 성배의 힘에 맡긴 사람은 그럴 수 있어."

"아주 작은 행동까지요? 지금 당신이 걷고 있는 것까지요?"

노기사는 몽유병자처럼 앞으로 걸어나갔다.

"물론이다. 내 다리를 움직이는 건 내가 아니다. 그저 움직이게 내버려두는 것이다. 너도 한번 해 봐라. 여기 있는 사람들은 모두 그렇게 시작했다."

토리스먼드도 시도해 보았다. 하지만 첫째, 시도를 했어도 한 걸음도 나가지 못했고 둘째, 아무 재미도 없었다. 그곳은 나무들이 무성한 푸른 숲이었다. 새들이 날아다니며 지저귀는 이 숲에서 토리스먼드는 모든 것을 벗어던지고 달려가 야생동물을 찾아다니고 싶었고 자기 자신과 자신의 힘과 노력과 용기를 걸고 이 그늘, 이 신비, 외부와는 아무 관계 없는 자연에 맞서 보고 싶었다. 하지만 그는 중풍 환자처럼 몸을 흔들며 거기 있어야만 했다.

"너 자신이 소유되도록 내버려두어라."

노기사가 말했다.

"완전하게 소유되도록 내버려두어라."

"하지만 사실대로 말씀드리자면 전……."

토리스먼드가 분통을 터뜨렸다.

"소유되는 것보다 저 스스로가 소유하는 게 더 좋을 것 같습니다."

노기사가 얼굴 앞에서 팔을 꼬아 귀와 눈을 동시에 가렸다.

"아직도 네가 가야 할 길이 멀기만 하구나, 젊은이."

토리스먼드는 성배의 야영지에 머물렀다. 그는 아버지들이라고 불러야 할지 형제들이라고 불러야 할지 모르는 그 기사들을 흉내 내려고 온갖 노력을 다 했고 스스로 너무 개인적이라고 생각되는 영혼의 모든 움직임을 억누르려고 애썼고 성배의 무한한 사랑과 일치감을 느껴 보려고 애썼다. 그리고 무아 상태에 빠진 기사들이 느끼는, 말로 표현할 수 없는 그 감각의 징후가 자기에게 아주 조금이라도 나타나는지 살펴보려고 주의를 기울였다. 하지만 하루하루 시간이 흘러도 그는 조금도 정화되지 않았다. 기사들이 좋아하는 일들이 토리스먼드에게는 모두 혐오스럽기만 했다. 그들의 목소리, 그들의 음악, 언제나 몸을 떨 준비를 하고 서 있는 것 따위가 다 싫었다. 그리고 무엇보다도 똑같이 갑옷으로 몸을 반쯤 가리고 황금 투구를 쓴 살결이 아주 하얀 기사들, 즉 약간 나이가 든 몇몇 기사들과 섬세하고 화를 잘 내고 질투심 많고 예민한 젊은이들이 계속 너무 친밀하게 지내는 모습이 정말 역겨웠다. 게다가 그들을 움직이는 것은 성배라는 이야기에 따라 그들은 해이해진 습관도 그냥 내버려두었고 언제나 순결한 체했다.

토리스먼드는 허공을 뚫어지게 바라보고 자기들의 행동에 완전히 무관심하며 또 금방 잊어버리고 마는 그런 사람에게서 자신이 태어났을 거라는 생각을 하면 정말 견딜 수가 없었다.

공납물을 바치는 날이 되었다. 숲 근처 마을에 사는 사람들은 모두 정해진 기간에 성배 기사단에게 일정량의 리코타 치즈와 당근 바구니와 보리 자루와 양 젖을 바쳐야만 했다.

마을 대표가 앞으로 나왔다.

"저희가 기사님들께 말씀드리고 싶은 것은 쿠르발디아 농토를 통틀어도 수확량이 보잘것없다는 겁니다. 저희는 자식들을 어떻게 먹여 살려야 할지도 막막합니다. 부자들도 가난한 사람과 마찬가지로 식량이 없어 굶주립니다. 자비로우신 기사님들, 이번만 공납을 면제해 주시라는 간청을 드리러 왔습니다."

차일 아래 앉아 있던 성배의 왕은 보통 때처럼 입을 다문 채 꼼짝하지 않았다. 갑자기 그가 배 위에 포개 놓았던 두 손을 풀더니 하늘을 향해 손을 쳐들었다.(손톱이 아주 길었다.) 그러더니 그의 입에서 이런 소리가 새어나왔다.

"이이이이히……."

이 소리가 들리자 기사들은 모두 불쌍한 쿠르발디아 사람들을 향해 창을 들었다.

"도와줘요! 우리가 막아 냅시다!"

쿠르발디아 사람들이 소리쳤다.

"빨리 달려가서 도끼와 낫을 듭시다!"

그들은 이렇게 말하더니 마을로 흩어졌다.

기사들은 하늘만 올려다보며 뿔 나팔 소리와 북 소리에 맞추어 한밤중에 쿠르발디아 마을로 행군했다.

홉이 늘어선 밭과 관목들 뒤에서 건초용 쇠스랑과 낫을 든 마을 사람들이 튀어나와 기사들의 길을 막아 보려고 애썼다. 하지만 기사들의 가차없는 창에 거의 대항할 수가 없었다. 힘없는 방어선을 무너뜨린 후 기사들은 저돌적인 전투용 말을 타고 돌과 짚과 진흙으로 만든 오두막들을 향해 돌진했다. 오두막들은 그들의 말발굽 아래 허물어졌고 여인과 어린아이와 젖소 들이 비명을 질러 댔지만 그들에겐 아무 소리도 들리지 않는 것 같았다. 다른 기사들은 횃불을 손에 들고 있다가 지붕과 건초장과 마구간과 곡식도 별로 없는 창고에 집어던져 마을은 삽시간에 불바다로 변했고 울부짖는 소리가 사방에 울려퍼졌다.

달리는 기사들 틈에 섞여 있던 토리스먼드는 이런 모습을 보고 깜짝 놀랐다.

"제게 말씀을 좀 해 주십시오. 대체 왜 이러는 겁니까?"

토리스먼드는 이 많은 기사들 중 자기 말을 들어줄 수 있는 사람은 늙은 기사 한 사람밖에 없는 것처럼 그를 놓치지 않으려고 애쓰면서 소리쳤다.

"당신들이 모든 것에 대한 사랑으로 충만하다고 한 말이 거짓이었나요? 이봐요, 조심해요, 노파를 쓰러뜨렸잖아요! 이 불쌍한 사람들에게 어떻게 이렇게 잔인하게 할 수 있지요? 구해야 돼요, 불길이 요람으로 번지고 있어요! 대체 뭘 하는 거죠?"

"신출내기, 성배의 의도를 자세히 알려고 하지 마라!"

노기사가 그를 나무랐다.

"이렇게 행동하는 것은 우리 자신이 아니다. 우리 속에 들어 있는 성배가 우리를 움직이는 거야! 성배에 대한 뜨거운 사랑에 너 자신을 맡겨라!"

하지만 토리스먼드는 말에서 내렸다. 그리고 달려가서 한 어머니를 구하고 땅에 떨어진 갓난아기를 어머니의 품에 안겨 주었다.

"안 된다! 농사지은 걸 모두 가져가 버릴 수는 없어! 내가 얼마나 피땀을 흘렸는지 아느냐!"

어떤 노인이 울부짖었다.

토리스먼드가 울부짖는 노인 곁으로 갔다.

"자루를 내려놔라, 도둑놈아!"

그러더니 토리스먼드는 그 기사에게 달려들어 자루를 빼앗았다.

"정말 고맙습니다! 우리 곁에 있어 주십시오!"

아직도 쇠스랑과 큰 칼과 도끼를 들고 담벼락 뒤에서 필사적으로 방어를 해 보려던 가엾은 사람들 몇 명이 말했다.

"반원으로 정렬해 보시오. 모두 함께 공격합시다!"

토리스먼드가 외쳤다. 그러고는 쿠르발디아 민병대의 선두에 섰다.

이제 그는 집집마다 들어가 있던 기사들을 내몰았다. 그러다가 노기사와 횃불을 든 두 기사와 정면으로 부딪혔다.

"배신자다, 체포하라!"

격렬한 싸움이 벌어졌다. 쿠르발디아 남자들은 쇠꼬챙이를 들고 달려들었고 여자들과 어린이들은 돌멩이를 던졌다. 갑자기 뿔 나팔 소리가 들렸다.

"후퇴다!"

쿠르발디아 사람들이 반격하자 기사단은 여러 곳에서 퇴각하다가 마침내 마을을 떠났다.

토리스먼드를 공격해 오던 그 기사들도 후퇴했다.

"가자, 형제들!"

노기사가 소리쳤다.

"성배가 우리를 이끄는 곳으로 따라가자!"

"성배 기사단은 승리한다!"

다른 기사들이 말머리를 돌리면서 합창했다.

"만세! 당신이 우리를 구해 주었소!"

마을 사람들이 토리스먼드 주위로 몰려들었다.

"당신은 기사지만 용기 있는 사람입니다! 용감한 사람이 한 명 있었군요! 우리와 함께 삽시다! 당신이 원하는 게 있으면 말씀하십시오. 저희가 뭐든 해 드리리다!"

"지금…… 내가 원하는 것은…… 나도 잘 모르겠어요……."

토리스먼드가 중얼거렸다.

"우리도 아무것도 몰랐다오. 이런 싸움을 하기 전에는 인간답게 사는 게 뭔지도 몰랐어요. 그런데 이제 할 수 있을 것 같습니다……. 모든 것을 원하는 대로…… 해야만 할 것 같습니다……. 비록 좀 힘들더라도……."

토리스먼드는 죽은 사람들을 돌아보며 눈물을 흘렸다.

"난 당신들과 함께 살 수 없을 것 같습니다……. 난 내가 누구인지도 모르겠어요……. 안녕……."

그러더니 그는 즉시 말을 달려 가 버렸다.

"돌아와요!"

마을 사람들이 토리스먼드에게 소리쳤지만 그는 벌써 마을에서, 성배의 숲에서, 쿠르발디아에서 멀어지고 있었다.

그는 다시 이 나라 저 나라를 떠돌아다녔다. 여태까지 오로지 성배 기사단 하나만을 목표로 삼고 떠돌아다니며 모든 명예나 기쁨을 경멸해 왔다. 그 목표가 사라져 버린 지금 어떤 새로운 목표로 자신의 불안을 잠재울 수 있을까?

그는 숲 속에서는 나무 열매들을 먹었고 길을 가다 수도원이 나오면 완두콩 죽을 얻어먹었으며 바위로 뒤덮인 해안에서는 성게로 배를 채웠다. 그리고 브르타뉴 해안에서 동굴에 들어가 성게를 찾다가 잠든 여인을 발견한 것이다.

세상을 떠돌아다니게 만들었던 그의 열망, 낮은 바람이 땅을 스치고 부드러운 식물들이 자라는 폭신한 곳에 대한 열망과, 햇빛이 비치지 않는 맑은 나날들에 대한 열망이 마침내 여기서, 창백하지만 통통한 뺨 위에 드리운 길고 검은 속눈썹과 긴장을 풀고 누워 있는 부드러운 육체와 풍만한 가슴 위에 얹어놓은 한 손과 부드럽게 흘러내리는 머리칼과 입술, 엉덩이, 엄지발가락을 눈앞에서 보고 그 숨소리를 듣자 사그러드는 것 같았다.

토리스먼드가 소프로니아에게 몸을 숙이고 그녀를 바라보고 있을 때 그녀가 눈을 떴다.

"절 해치지 마세요."

소프로니아가 부드럽게 말했다.

"이 황량한 바위들 틈에서 무얼 찾으시는 거죠?"

"전 항상 제게 부족한 것 같았던 무엇인가를 찾고 있었는데 지금 당신을 보면서 그게 무엇인지 알게 되었습니다. 당신은 어떻게 이 해안에 오셨죠?"

"전 수녀였는데 강제로 회교도와 신방을 차려야만 했어요. 제가 그 사람과 신방을 차릴 순서가 삼백예순다섯 번째였는데 그 사이 기독교 군대가 끼어들어 저를 이곳으로 데려왔지요. 그런데 잔혹한 해적 떼들에게 잡혀갔을 때처럼 돌아오는 길에도 난파를 당했어요."

"알겠군요. 그런데 당신 혼자십니까?"

"저를 구해 준 사람은 서둘러 어떤 절차를 밟기 위해 저 아래 황제 진영으로 갔습니다. 제가 그렇게 해도 좋다고 했거든요."

"제 검으로 당신을 보호해 드리고 싶군요. 하지만 당신을 보면 타오르는 제 감정이 너무 지나쳐 당신에게 실례를 저지르지나 않을까 걱정됩니다."

"오, 걱정하지 말아요. 아세요? 전 많은 일들을 겪었답니다. 그럴 때마다 때 맞춰 구원자가 달려오기는 했지만요. 언제나 그 사람이 왔어요."

"이번에도 올까요?"

"글쎄, 아무도 모르는 일이죠."

"당신 이름을 알 수 있을까요?"

"아지라, 아니 팔미라 수녀라고도 해요. 술탄의 왕궁에 있느냐 아니면 수녀원에 있느냐에 따른 거죠."

"아지라, 난 계속 당신을 사랑해 왔던 것 같아요……. 벌써 당신 때문에 정신을 잃은 것 같아요."

11

카롤루스 대제는 브르타뉴 해안으로 말을 달렸다.

"이제 밝혀지겠지. 이제 밝혀지겠지. 구일디베르니 가문의 아질울포, 침착하게. 자네가 한 말이 사실이라면, 그 처녀가 십오 년 전과 마찬가지로 아직도 순결을 그대로 지키고 있으니 할 말이 없지. 자넨 합법적인 기사로 완전히 인정되는 거고 그 젊은이가 우리를 속이려고 했던 거겠지. 일을 확실히 하기 위해 수행원에게 이런 일에 경험이 많은 산파를 데리고 오라고 시켰지. 우리 군인들은 이런 일에 손을 전혀 쓸 수 없어서……."

구르둘루의 말 위에 올라탄 노파는 밑도 끝도 없는 이야기를 중얼거렸다.

"예, 예, 폐하, 아주 조심스럽게 할 겁니다, 쌍둥이가 태어나더라도……."

노파는 귀머거리여서 아직도 자기가 무슨 일을 하러 가는지 몰랐다.

제일 먼저 횃불을 든 장교 두 사람이 굴 안으로 들어갔다. 그들은 당황해하며 돌아왔다.

"폐하, 처녀와 젊은 군인이 껴안고 누워 있습니다."

연인들이 황제의 면전으로 끌려나왔다.

"당신, 소프로니아!"

아질울포가 소리쳤다.

카롤루스 대제가 젊은이의 얼굴을 들게 했다.

"토리스먼드!"

토리스먼드가 소프로니아를 보고 펄쩍 뛰었다.

"당신이 소프로니아라고요? 오, 어머니!"

"이 젊은이를 아시오, 소프로니아?"

황제가 물었다.

여자는 얼굴이 창백해져서 고개를 숙였다.

"이 사람이 토리스먼드라면 제 손으로 키웠습니다."

그녀는 가느다란 목소리로 대답했다.

토리스먼드가 말 위에 올라타 말했다.

"전 수치스러운 근친상간의 죄를 저질렀습니다! 이젠 저를 다시는 볼 수 없을 겁니다!"

그러더니 그는 박차를 가해 숲 속으로 곧장 달려갔다.

아질울포도 박차를 가했다.

"이젠 나도 다시는 보지 못할 겁니다!"

그가 말했다.

"내겐 이제 이름이 없어요! 잘 있으시오!"

그러더니 그 역시 눈 깜짝할 사이에 숲 속에 들어가 버렸다.

모두들 넋을 잃었다. 소프로니아는 두 손으로 얼굴을 가렸다.

갑자기 오른쪽에서 질주해 오는 말발굽 소리가 들렸다. 토리스먼드가 전속력으로 말을 달려 숲에서 돌아오고 있었다. 그가 소리쳤다.

"그런데 어떻게 그럴 수가 있죠? 조금 전까지 처녀였다면? 내가 왜 그 생각을 금방 하지 못했을까? 처녀였어요! 내 어머니가 될 수 없습니다!"

"설명을 좀 해 주겠소?"

카롤루스 대제가 말했다.

"사실 토리스먼드는 제 아들이 아닙니다. 동생이죠, 아니 좀 더 정확히 말하면 의붓동생이에요."

소프로니아가 말을 하기 시작했다.

"스코틀랜드 왕비였던 우리 어머니는 아버지가 일 년 동안 전쟁터에 나가 계실 때 우연히 누군가를 만나 토리스먼드를 낳았습니다. 제 생각엔 아마 성배 기사단이었던 것 같습니다. 왕이 돌아온다는 전갈이 오자 이 부도덕한 인간은 (사실 전 제 어머니를 그렇게밖에 생각할 수가 없습니다.) 저에게 어린 동생을 데리고 산책을 갔다 오라고 해 놓고는 숲 속에다 저희를 버렸습니다. 그러고는 무시무시한 거짓말로 돌아온 남편을 속였습니다. 제가, 열세 살짜리인 제가 사생아를 낳으려고 도망을 쳤다고 말한 겁니다. 부모에 대한 자식의 그릇된 존경심에 억눌려 저는 제 어머니의 이런 비밀을 결코 입 밖에 내지 않았습니다. 전 젖먹이 의붓동생과 황무지에서 살았습니다. 콘월 공작 가문에서 강제로 집어넣었던 수녀원에서 보낸 세월에 비하면 그때는 그래도 자유롭고 행복했습니다. 서른세 살이 되었지만 오늘 아침까지 남자라고는 몰랐습니다. 그런데 남자와의 첫 만남이 근친상간이 되었으니……."

"일이 어떻게 된 건지 우리 침착하게 생각해 봅시다."

카롤루스 대제가 너그럽게 말했다.

"근친상간은 언제나 있어 왔소. 하지만 의붓동생과 의붓누나 사이의 근친상간은 뭐 그리 심각한 것은 아니오……."

"근친상간은 없습니다, 폐하! 기뻐해요, 소프로니아!"

토리스먼드가 밝은 얼굴이 되어 외쳤다.

"전 제 근본을 찾다가 한 가지 비밀을 알았는데 영원히 비밀로 간직하려고 했습니다. 그러니까 내가 어머니라고 믿었던 당신, 소프로니아는 스코틀랜드 왕비의 몸에서 태어난 게 아니라 토지 관리인의 부인에게서 태어난 왕의 사생아였소. 왕은 당신을 자기 아내, 그러니까 이제서야 내 친어머니인 게 드러난 바로 그 여자의 딸로 입적했죠. 그 여자는 당신에게는 그저 계모에 불과한 겁니다. 왕이 강요해서 자기 의지와는 상관없이 당신의 어머니 노릇을 해야 했던 그 여자가 얼마나 당신을 없애 버리고 싶어 했을지 이제서야 이해가 되는군요. 그래서 자기가 일시적으로 저지른 죄의 결과를, 즉 나를 당신에게 떠넘긴 거요. 스코틀랜드 왕과 농부 아낙의 딸인 당신과, 왕비와 기사단의 아들인 나는 아무런 혈연 관계도 없어요. 그저 방금 전 우리가 자유롭게 맺은 사랑만 있을 뿐이오. 난 당신과 재결합하기를 간절히 바란다오."

"모든 게 제대로 풀리는 것 같군……."

카롤루스 대제가 손을 비비며 말했다.

"그런데 늦기 전에 훌륭한 우리의 기사 아질울포를 찾아 그의 이름과 작위에 이젠 아무런 위험이 없다는 걸 분명히 해 줘야 할 텐데."

"제가 가겠습니다, 폐하!"

기사 한 명이 앞으로 달려나오면서 말했다. 랭보였다.

그는 숲으로 들어갔다. 그리고 소리쳤다.

"기사님! 아질울포 기사님! 구일디베르니 가문의 기사님! 셀림피아 치테리오레와 페츠의 기사님! 코르벤트라츠와 수라의 구일리베르니 가문과 기타 가문 출신인 기사님! 모든 게 다 잘되었어요! 돌아오세요!"

그에게 대답을 하는 건 메아리뿐이었다.

랭보는 아질울포의 이름을 부르고 귀를 기울이고 어떤 흔적이나 표시를 찾으려 애쓰면서 오솔길을 따라 숲을 모조리 뒤지기 시작했다. 그리고 오솔길을 다 뒤지고 나서는 바위와 시냇물 사이로 돌아다녔다. 그리고 마침내 말발굽 흔적을 찾아냈다. 어떤 지점에 이르자 마치 말이 그 자리에 멈춰 서기라도 한 듯한 선명한 흔적들이 나타났다가 그곳에서부터 다시 말발굽 흔적이 점점 흐려지기 시작했다. 마치 고삐 풀린 말이 달아난 것 같았다. 하지만 바로 그 부분에서 또 다른 흔적 하나가 갈라져 나갔는데 철 구두가 지나간 흔적이었다. 랭보는 그 흔적을 따라갔다.

그는 숨을 죽였다. 빈터에 도착했다. 떡갈나무 아래 땅 위에 무지갯빛 장식 깃털이 달린 투구가 뒤집혀 있었고 하얀 갑옷과 허벅지 보호대, 팔 보호대, 팔 덮개 등 아질울포의 갑옷이 모두 흩어져 있었다. 피라미드를 만들 생각이었는지 피라미드 모양으로 쌓인 것들도 있었고 땅 위에 되는대로 굴러다니는 것도 있었다. 칼자루에 이런 쪽지가 붙어 있었다. "이 갑옷을 루시용의 기사 랭보에게 남기노라." 그 밑에는 시작하다가 그만둔 것같이 반쯤 갈겨쓴 서명이 있었다.

"기사님!"

랭보가 투구를, 갑옷을, 떡갈나무를, 하늘을 차례를 돌아 보며 아질울포를 불렀다.

"기사님! 갑옷을 다시 입으세요! 프랑스 군대와 귀족 사회에서 기사님의 지위는 분명해졌습니다!"

그러고는 다시 갑옷을 모아 세워 놓아 보려고 애썼다. 그리고 계속 외쳤다.

"기사님, 당신은 존재합니다. 이제 어느 누구도 그 사실을 부인할 수 없습니다!"

아무런 목소리도 들려오지 않았다. 갑옷은 똑바로 서 있지 못했고 투구는 땅에 굴러떨어졌다.

"기사님, 당신은 그렇게 오랫동안 오로지 의지의 힘 하나로 버티셨습니다. 당신은 존재하는 사람들처럼 모든 일을 하셨습니다. 그런데 왜 갑자기 모든 것을 포기하시는 겁니까?"

하지만 이제 랭보는 어느 쪽을 봐야 할지 알 수가 없었다. 갑옷은 텅 비었다. 예전처럼 텅 빈 게 아니라 아질울포 기사라고 불렸고 지금은 바다에 떨어진 물방울처럼 사라져 버린 그 무엇인가가 없어져 버린 것이다.

랭보는 이제 자기 갑옷의 끈을 풀고 갑옷을 벗은 뒤 하얀 갑옷을 입고 아질울포의 투구를 쓰고 손에 방패와 검을 움켜쥐고 말에 뛰어올랐다.

그렇게 하얀 갑옷을 입은 채 황제와 그 수행원들 앞에 모습을 드러냈다.

"오, 아질울포, 돌아왔군. 모든 게 잘됐지, 응?"

하지만 투구에서는 다른 목소리가 흘러나왔다.

"전 아질울포가 아닙니다, 폐하!"

투구의 철망을 들어올리자 랭보의 얼굴이 나타났다.

"구일디베르니 가문의 기사는 이 하얀 갑옷과, 이 갑옷을 제 게 남긴다는 쪽지만 남겨 놓았습니다. 이제 전 전투에 뛰어들 시 간만을 간절히 기다립니다!"

비상사태를 알리는 나팔이 울려퍼졌다. 한 함대의 범선을 타 고 사라센인들이 브르타뉴에 상륙했다. 프랑스 군인들은 서둘 러 정렬했다.

"네 바람이 이루어졌다."

카롤루스 대제가 말했다.

"이제 네가 싸울 시간이다. 네가 입은 갑옷을 욕되게 하지 마 라. 아질울포는 성격은 좀 까다로웠지만 훌륭한 군인이었다!"

프랑스 군대는 침입자들에 대항했고 사라센들의 전선을 뚫 고 들어갔다. 젊은 랭보가 제일 먼저 전선으로 달려들었다. 랭보 는 맹렬히 싸웠다. 공격을 하고 방어를 했다. 공격하다가 공격을 당하기도 했다. 많은 회교도들이 땅에 죽어 나자빠졌다. 랭보는 셀 수도 없이 창을 휘둘러 그만큼 많은 회교도들을 차례차례 찔 렀다. 이미 침략자들 무리는 후퇴를 해서 정박 중인 범선 주변 으로 몰려갔다. 땅에 쓰러져 브르타뉴의 회색빛 흙을 피로 붉게 물들인 무어인들을 제외한 나머지 패배자들은 프랑스 군대의 추적을 받으며 닻을 올렸다.

랭보는 무사히 승리를 거두고 전쟁터에서 나왔다. 하지만 흠 집 하나 없이 순백색이던 아질울포의 갑옷은 이제 흙투성이에,

적들의 피가 여기저기 묻어 있었고 우그러지고 긁히고 칼에 베인 곳도 있었다. 투구에 달린 장식 깃털은 반쯤 빠져 달아났고 투구는 찌그러졌으며 한가운데 신비한 문장이 그려진 방패는 칠이 다 벗어 버렸다. 이제 젊은이는 이 갑옷이 자신, 루시용의 랭보의 갑옷같이 느껴졌다. 처음 이 갑옷을 입었을 때 느꼈던 거북함은 멀리 사라져 버렸다. 이제 갑옷은 그의 몸에 꼭 맞았다.

그는 혼자 언덕 위를 달렸다. 골짜기 아래에서 날카로운 목소리가 들렸다.

"이봐요, 거기 위에, 아질울포 기사님이죠!"

어떤 기사가 랭보를 향해 달려왔다. 갑옷 위에 보랏빛이 도는 긴 청색 겉옷을 걸치고 있었다. 바로 아질울포를 따라온 브라다만테였다.

"드디어 당신을 찾았군요, 백색의 기사님!"

"브라다만테, 난 아질울포가 아니오. 랭보요!"

랭보는 즉시 소리치고 싶었지만 그녀와 좀 더 가까이에서 이야기하는 게 더 나으리라고 생각하고 말을 돌려 그녀를 향해 달렸다.

"드디어 당신이 저를 찾아 달려오시는군요, 잡히지 않는 기사님!"

브라다만테가 소리쳤다.

"오, 내게로 달려오는 당신 모습을 얼마나 보고 싶었는지 몰라요. 내 뒤를 쫓아다니던 그 평범한 떼거리들처럼 즉흥적이고 경박하게 행동하지 않는 사람은 당신밖에 없어요!"

그녀는 이렇게 말하더니 말머리를 돌려 그에게서 달아나려고 했다. 그러나 달아나면서도 그가 그녀의 장난에 장단을 맞추며 계속 따라오는지 보기 위해 고개를 뒤로 돌렸다.

랭보는 그녀에게 빨리 이렇게 말하고 싶었다.

"나 역시 서투르게 행동하는 그런 남자 중 하나에 불과하다는 걸 넌 모르겠지? 행동할 때마다 욕망이나 불만족이나 불안을 조금도 숨기지 못하는 그런 남자라는 걸 넌 모르겠지? 나 역시 자신이 원하는 게 뭔지 아는 사람이 되고 싶어!"

그리고 그는 이런 말을 브라다만테에게 하기 위해 전속력으로 말을 달려 그녀의 뒤를 쫓았다. 그녀는 웃으며 이렇게 말했다.

"오늘이 바로 제가 항상 꿈꿔 왔던 바로 그날이에요!"

랭보는 눈앞에서 그녀를 잃어버렸다. 풀이 우거지고 한적한 골짜기였다. 그녀의 말이 뽕나무에 묶여 있었다. 예전에 브라다만테가 여자일 거라는 의심은 손톱만큼도 하지 않고 그녀를 쫓아왔던 때와 똑같은 상황이었다. 랭보는 말에서 내렸다. 바로 그곳에, 이끼 긴 비탈 위에 누워 있는 그녀를 보았다. 그녀는 갑옷을 벗고 황옥색 짧은 튜닉만 입고 있었다. 그녀는 누워서 랭보를 향해 팔을 벌렸다. 랭보는 백색 갑옷을 입은 채 앞으로 나갔다. 그녀에게 진실을 말해야 할 순간이었다.

"난 아질울포가 아니야. 네가 사랑한 이 갑옷은 지금 인간 육체의 무게가 어떤 것인지, 나처럼 젊고 가벼운 육체라 하더라도 그 무게가 어떤 것인지 알게 되었다. 넌 이 갑옷이 어떻게 자신의 비인간적인 순백성을 잃고, 전투에 사용되는 단순한 의복, 모든 공격을 막아 내는, 변함 없고 유용한 도구로 변했는지 모를 거다."

랭보는 이런 말을 그녀에게 하고 싶었지만 손만 떨면서 그 자리에 서 있었다. 그는 그녀를 향해 망설이며 걸음을 옮겼다. 그녀가 눈을 감은 채 기다리고 있었다는 듯 미소를 짓는 지금 어쩌면 투구와 갑옷을 벗고 랭보라고 밝히는 게 가장 좋을지도 모른다. 젊은이는 불안해하며 갑옷을 벗었다. 이제 브라다만테가 눈을 뜨면 그를 알아보리라……. 아니다. 그녀는 존재하지 않는 기사가 보이지 않게 자신에게 다가오는 것을 눈을 뜨고 바라보며 방해를 하지 않겠다는 듯 자신의 얼굴을 두 손으로 가렸다. 그래서 랭보는 그녀에게 달려들었다.

"오, 그래요, 전 확신했어요."

브라다만테가 눈을 감은 채 소리쳤다.

"전 항상 당신이 할 수 있을 거라고 확신했어요!"

그러더니 그녀는 그를 꼭 껴안았다. 둘 다 거의 비슷한 열정 속에서 하나가 되었다.

"그래요, 그래요, 전 확신했어요."

이제 사랑을 나눈 뒤 서로의 얼굴을 볼 순간이 찾아왔다.

'날 볼 거야, 모든 걸 알 거야. 이렇게 되는 게 옳고 멋진 일이라는 걸 곧 알 거야. 그리고 평생 날 사랑할 거야!'

랭보는 번개처럼 스쳐가는 자만심과 희망 속에서 일순간 그렇게 생각했다.

브라다만테가 눈을 떴다.

"오, 너는!"

그녀는 자리에서 벌떡 일어나 랭보를 뒤로 떠밀었다.

"너! 너!"

그녀가 눈물이 가득 고인 눈으로, 분노에 입을 떨며 소리쳤다.

"너! 이 사기꾼!"

그녀는 검을 쥐고 일어서서 랭보 쪽으로 검을 들어 올려 그를 찌르려다가 칼등으로 머리를 쳤다. 그는 아찔했다. 자기 몸을 방어하기 위해서인지, 그녀를 안기 위해서인지 잘 모르지만 아무것도 쥐지 않은 두 손을 들고 랭보가 한 일이라고는 고작 이런 말밖에 없었다.

"그래도 말 좀 해 봐, 말을 좀 해 보라고, 황홀하지 않았어……?"

그러다가 그는 정신을 잃었다. 떠나가는 그녀가 탄 말이 달리는 소리만 희미하게 들려왔다.

사랑에 빠진 사람이 입맞춤이 어떤 것인지도 모르면서 연인과의 입맞춤을 갈망한다면 분명 불행한 일일 것이다. 하지만 그보다 수천 배 불행한 사람은 그 묘미를 알자마자 연인으로부터 입맞춤을 거절당한 사람이다. 랭보는 용감한 군인 생활을 계속했다. 격투가 벌어진 곳이 있으면 달려가 창으로 적군을 무찔렀다. 수많은 검들이 부딪치는 곳에서 보랏빛 도는 청색이 언뜻 스치기만 해도 그는 달려갔다.

"브라다만테!"

소리를 질러 보지만 언제나 허사였다.

그가 자신의 고뇌를 터놓고 이야기할 수 있었던 단 하나의 대상은 이미 사라지고 없었다. 종종 병영을 돌다가 허리를 꼿꼿이 세우거나 갑자기 팔꿈치를 드는 갑옷을 보면 랭보는 아질울포가 생각나서 몸을 떨었다. 만약 기사가 분해되지 않았다면, 혹시 다른 갑옷을 찾았다면? 랭보는 그런 갑옷으로 다가가 말했다.

"기분 나쁘게 생각하지 말아 주오, 친구. 미안하지만 투구의 얼굴 가리개 좀 들어올려 주면 좋겠는데"

랭보는 항상 아무것도 들어 있지 않은 텅 빈 투구를 자기 눈앞에서 발견하기를 바랐다. 하지만 언제나 꼬불꼬불한 콧수염 위에 놓인 코가 보였다.

"미안하오."

랭보는 중얼거리며 그 자리를 떠났다.

아질울포를 찾는 또 다른 사람이 있었다. 구르둘루였다. 그는 빈 냄비나 굴뚝, 큰 통을 보면 걸음을 멈추고 외쳤다.

"주인님! 명령을 내려 주세요, 주인님!"

구르둘루가 길 옆 풀밭에 앉아 긴 술병 주둥이에 대고 길게 이야기하고 있을 때 어떤 사람이 그 대화에 끼어들었다.

"그 안에서 누굴 찾는 거지, 구르둘루?"

토리스먼드였다. 그는 카롤루스 대제가 참석한 가운데 소프로니아와 성대한 결혼식을 올리고 신부와 함께 말을 타고 많은 하인을 거느리고 쿠르발디아로 가는 중이었다. 황제는 그에게 백작 지위를 내렸다.

"우리 주인님을 찾습니다."

"그 술병 안에서?"

"우리 주인은 존재하지 않는 사람이에요. 빈 갑옷 속에도 존재할 수 있었으니까, 이 술병 안에도 존재할 수 있겠지요."

"하지만 네 주인은 공기 속으로 사라졌다."

"그러면 난 이제 공기의 하인인가요?"

"네가 날 따라오면 내 하인이 될 수 있다."

그들은 쿠르발디아에 도착했다. 그곳은 이제 몰라볼 정도로 변해 있었다. 마을이 있던 자리에는 돌로 지은 저택들과 물방앗간들이 세워졌고 수로가 만들어져 있었다.

"여러분들, 제가 돌아왔습니다, 여러분들과 함께 지내려고요……."

"만세! 환영입니다! 신랑 신부 만세!"

"잠깐 기다려 주세요, 제가 여러분들을 기쁘게 해 드릴 소식을 전하겠습니다. 카롤루스 황제께서, 그 성스러운 이름에 여러분들 모두 경의를 표하시길, 제게 쿠르발디아의 백작 작위를 내리셨습니다!"

"아…… 그런데…… 카롤루스 황제라고요? 정말……."

"무슨 말인지 모르겠어요? 제가 여러분들의 백작이 된 겁니다! 제가 성배 기사단의 폭정에서 여러분들을 지켜 드리겠습니다!"

"아, 얼마 전 우리가 그 사람들을 쿠르발디아에서 완전히 쫓아냈습니다! 보세요, 우리는 오랜 세월 동안 복종만 하고 살았습니다……. 하지만 이제 우리는 기사들이나 백작들이 우리를 다스리지 않아도 잘 살 수 있다는 것을 알게 되었습니다……. 우린 땅을 일구었고 작업장과 물방앗간을 만들었습니다. 우리는 자발적으로 법을 존중하고 우리 도시 외곽을 방어하려고 애씁니다. 간단히 말하자면 우린 앞으로 나아가고 있고 불평 같은 것은 하지 않습니다. 당신은 용기 있는 젊은이였고 우린 당신이 우리를 위해 해 준 일을 잊지 않습니다……. 여기 살고 싶다면 그렇게 하십시오……. 하지만 우리와 똑같이……."

"똑같이라고요? 백작 신분의 나는 원치 않는단 말이오? 하지만 이건 황제의 명령이오. 모르겠습니까? 거부한다는 건 불가능하오!"

"오, 항상 그렇게 말들 했지요, 불가능하다고……. 성배의 기사들을 우리 마을에서 내쫓는 것도 불가능해 보였습니다…….
그리고 그때 우리에겐 낫과 쇠스랑밖에 없었습니다……. 우리는
그 누구의 기분도 상하게 하고 싶지 않습니다, 젊은 나리, 특히
당신을 불쾌하게 만들고 싶지 않습니다……. 당신은 훌륭한 젊
은이고 우리가 모르는 많은 일들을 경험했지요……. 만약 우리
와 동등하게 이곳에 살면서 권력을 휘두르지 않는다면 아마 우
리들 가운데 최고가 될 겁니다…….”

“토리스먼드, 난 너무 많은 역경에 지쳐 버렸어요.”

소프로니아가 베일을 들어올리며 말했다.

“이 마을 사람들은 분별력 있고 예의 바른 것 같아요. 도시도
아주 아름답고 다른 곳보다 훨씬 더 풍요로운 것 같아요……. 타
협하는 게 좋지 않겠어요?”

“그러면 우리 하인들은?”

“모두 쿠르발디아의 시민이 되는 겁니다.”

마을 사람들이 말했다.

“그리고 그들의 능력만큼 가질 겁니다.”

“그러면 난 자기가 존재하는지 아닌지도 잘 모르는 이 하인
구르둘루와도 동등한 처지라고 생각해야 하나요?”

“그도 배우겠지요……. 우리도 우리가 세상에 존재한다는
것을 몰랐습니다……. 존재한다는 것도 배울 수 있는 거랍니
다…….”

12

책이여, 이제 끝을 맺을 때가 되었다. 마지막 부분을 아주 급하게 썼다. 줄과 줄 사이에서 나는 여러 국가와 바다와 대륙을 뛰어넘어 다녔다. 나를 사로잡았던 분노와 불안감은 대체 무엇이었을까? 내가 무엇인가를 기다리기 때문이라고 말하는 사람이 있을 것이다. 하지만 변화하는 세상사에서 벗어나기 위해 여기 수녀원에 틀어박혀 사는 수녀들이 기다리는 게 뭘까? 글을 써넣어야 할 새로운 종이들과 수녀원 종탑에서 울려퍼지는 일상적인 종소리 외에 내가 기다리는 것은 다른 무엇일까?

지금, 험한 길을 따라 올라오는 말 소리가 들린다. 이 말은 바로 수녀원 문 앞에 멈춰 선다. 기사가 문을 두드린다. 내 조그만 창으로는 그를 볼 수가 없다. 하지만 목소리는 들을 수 있다.

"여보세요, 친절하신 수녀님들, 여보세요, 말씀 좀 묻겠습니다!"

그런데 이 목소리는, 내가 잘못 들은 것일까? 아니다, 바로 그 목소리가 맞다! 내가 오랫동안 이 책의 종이들 위에 울려퍼지게 했던 랭보의 목소리다! 이곳엔 웬일이지, 랭보?

"여보세요, 친절하신 수녀님들, 이 수녀원에 혹시 그 유명한 여자 전사 브라다만테가 은거하고 있지 않은지 말씀 좀 해 주시겠습니까?"

자, 브라다만테를 찾아 여기저기 헤매던 랭보는 여기까지 와야만 했다.

문을 지키는 수녀의 대답 소리가 들린다.

"없습니다, 군인 양반, 이곳에는 여자 전사들이 없어요. 그저 당신들의 죄를 사해 주십사고 기도하는 신앙심 깊은 가련한 수녀들뿐이라오."

내가 창문으로 달려나가 소리친다.

"그래요, 랭보. 여기 있어요. 날 기다려 줘요, 당신이 올 줄 알았어요. 지금 내려갈게요. 당신과 함께 떠나겠어요!"

그리고 서둘러 수녀 모자와 수녀복 띠와 치마를 벗어던진다. 그리고 상자에서 내 황옥색 튜닉과 갑옷과 정강이 보호대와 투구와 박차와 보랏빛 도는 청색 겉옷을 꺼낸다.

"기다려요, 랭보, 나, 브라다만테가 여기 있어요"

그렇다, 책이여. 이 이야기를 들려준 테오도라 수녀와 여전사 브라다만테는 동일 인물이다. 난 전쟁터를 질주하며 전투와 사랑을 겪기도 하고 여기 수녀원에 들어와 명상을 하며 내게 일어났던 일들을 이해하기 위해 그것들을 글로 적었다. 이 수녀원에 들어왔을 때 난 아질울포에 대한 사랑 때문에 절망하고 있었다. 지금은 젊고 열정적인 랭보를 열렬히 사랑한다.

갑자기 내 펜이 달리기 시작한 것도 이 때문이었다. 그를 만나기 위해 난 달렸다. 그가 곧 도착하리라는 것을 난 알고 있었다. 우리는 책의 한 페이지를 넘겼을 때 거기에 삶이 담겨 있음을 알게 되고, 그 페이지가 책의 다른 페이지들을 움직이고 그것들과 뒤섞일 때에만 거기에 가치가 있다. 내가 기쁨에 젖어 많은 길들을 달려왔듯이 펜도 똑같은 기쁨에 밀려 달린다. 시작은 했지만 아직도 어떤 이야기를 해야 할지 모르는 장(章)은 내가 수녀원에서 나가면서 부딪힐 모퉁이와 같다. 내가 용과 만날지, 사라센 무리를 만날지, 마법의 섬을 발견할지, 새로운 사랑을 시작할지는 모르는 일이다.

내가 달려간다, 랭보. 난 원장 수녀님께 인사도 하지 않는다. 수녀들은 벌써 수많은 싸움과 포옹과 속임수 들을 겪고 난 뒤 내가 언제나 이 수녀원으로 되돌아온다는 것을 안다. 하지만 이제 달라질 것이다…… 달라질 것이다…….

오, 미래여, 과거 이야기에서, 격정적으로 내 손을 잡은 현재에서 떠나기 위해 난 지금 네 말안장 위에 올라탔다. 아직 세워지지 않은 도시 탑 위의 깃대에 어떤 새로운 깃발들이 나를 향해 꽂힐까? 내가 사랑했던 성과 정원에서는 어떤 폐허의 연기가 피어오를까? 네가 준비한 예상할 수 없는 황금 시대는 어떤 것일까……. 길들지 않은 너, 비싼 값을 치른 보석 같은 예감, 정복해야 할 나의 왕국, 미래여…….

작품 해설

『존재하지 않는 기사』는 이탈로 칼비노의 '우리의 선조들' 3부작 가운데 가장 나중에 발표된 작품이다. 칼비노는 십여 년에 걸쳐 쓴 세 작품 『반쪼가리 자작』, 『나무 위의 남작』, 『존재하지 않는 기사』를 1960년에 한 권으로 묶어 '우리의 선조들'이라는 제목을 붙였다. 이 책의 이야기들은 현실과는 동떨어진 과거 어느 시대, 가상의 공간 속에서 펼쳐진다. 주인공과 등장인물들, 그리고 그들이 엮어 가는 사건들은 동화처럼 환상적이다. 그러나 표면적으로 우리와 전혀 상관없어 보이는 과거 속 인물과 사건 들을 자세히 들여다보다 보면 때로는 현재의 우리 모습을 발견할 수도 있다.

이 3부작을 처음 쓰기 시작했을 무렵 칼비노는 그때까지 자신이 표현 도구로 사용했던 '네오리얼리즘'적인 방법만으로는 복잡해진 현실을 표현할 수 없다는 결론에 이르렀다. 레지스탕스나 민중의 삶을 주제로 한 네오리얼리즘 소설들은 이미 변화되어 버린 현실에는 부적절했다. 현실은 너무나 복잡하고 다양해서 유쾌한 목소리로 이야기하면 거짓처럼 들리고, 사색적이고 근심어린 목소리를 말하면 회색빛으로 슬프게 사라져 버리고 말았던 것이다. 이런 상황에서 칼비노는 자신이 마치 시대의 변화에 이리저리 떠밀려 다니는 작가에 불과하다는 생각에 빠졌고 문학적 영감이 메말라 가는 것을 느꼈다. 결국 그는 과거로 되돌아가 동화 같은 환상을 통해, 우리의 선조들을 통해 우리를 생각해 보는 방법을 택한다.

17세기 말경에 터키인과의 전쟁에 참가했다가 터키군의 대포에 맞아 '선'과 '악'으로 나뉘고 마는 『반쪼가리 자작』은 바로 자본주의의 포격으로 이등분된 현대인, 소외되고 분열된 상처 입은 현대인의 모습이다. 열두 살에 아버지와의 불화로 나무 위로 올라가 일생을 그곳에서 보내기로 결정한 『나무 위의 남작』은 인간에게는 사회 규범과 관습 들에 대항할 수 있는 힘이 내재되어 있음을 시사한다. 나무 위의 남작은 인간들과 부대끼는 삶을 피해 나무 위에 올라감으로써 진실을 회피하는 듯 보이기도 하지만 그는 오히려 높은 곳에서 인간을 괴롭히는 문제들에 대해 더 명확한 해결점과 전망을 찾는다. "땅을 제대로 바라보려는 사람은 땅과 적당한 거리를 가져야만 한다."라고 남작은 말한다. 마지막으로, 갑옷으로만 존재하는 아질울포의 이야기인 『존재하지 않는 기사』는 현대 인간의 고독한 삶의 외면을 반영한 것이다.

사실 용장들이 활약하던, 8∼9세기 카롤루스 대제 시대를 배경으로 하는 『존재하지 않는 기사』는 시대 순으로 보면 3부작의 첫 번째 자리를 차지해야 할 것이다. 작가 자신도 이 작품은 3부작의 에필로그라기보다는 서문에 해당한다고 밝힌다. 그가 이 작품을 쓸 무렵 이탈리아의 정치, 사회 상황은 중세와 마찬가지로 혼돈 그 자체였다. 사회적으로는 전후의 급속한 산업화와 더불어 여러 문제점들이 파생되었고, 정치적으로는 좌익 세력의 약화와 함께 좌우 연합 정치의 가능성을 믿는 좌파 지식인들이 생겨났다. 레지스탕스 참전 이후에 이탈리아 공산당에 가입해 적극적으로 활동하던 칼비노는 1956년 소련의 헝가리 침공과 1957년 소련 공산당 20차 국제회의 이후 다른 지식인들처럼 실망을 안고 공산당을 탈퇴한다. 바로 이 시기에 쓴 작품이 『존재하지 않는 기사』다. 이 때문에 어떤 평론가들은 '전 공산주의자가 쓴 소설' 『존재하지 않는 기사』가 펼치는 환상적인 이야기 속에는 정치적 알레고리가 숨어 있다고 말한다. 한 예로 소설에 등장하는 성배 기사단은 공산주의자들을 그로테스크하게 상징한 것이라고 주장하기도 한다. 하지만 칼비노 자신은 이런 주장을 단호하게 부인한다. 『존재하지 않는 기사』는 다양한 차원의 인간 존재에 관한, 존재와 의식, 주체와 객체에 관한 이야기며 우리들 자신의 자아를 실현하고 우리를 둘러싼 사물들과 관계를 맺을 수 있는 가능성에 관한 이야기라고 말한다. 현대 철학, 인류학, 사회학, 역사학에서 계속 연구되는 개념들을 서정적인 열쇠로 변형한 이야기라는 것이다.

『존재하지 않는 기사』는 앞서 발표한 칼비노의 환상적이고 철학적인 혹은 서정적이고 철학적인 두 소설처럼 그 어떤 정치적 알레고리도 제시하지 않는다. 다만 현대 인간들의 상황과 '소외'의 모습, 그리고 총체적인 인간성을 획득하는 방법들을 연구하고 표현하려고 애쓸 뿐이다.

칼비노는 이미지에서 출발해 어떤 생각에 도달하던 평상시의 방법과는 반대로 자신의 머리에서 항상 맴돌던 하나의 생각에서 출발하여, 존재한다는 의식과 의지만으로 존재하는 아질울포라는 이미지를 만들어 냈다. 아질울포는 우리 사회 그 어느 곳에서든 만날 수 있는 전형적인 인간들의 심리를 보여 준다. 그러고 난 뒤 칼비노는 아질울포라는 알레고리적인 존재로부터 자신의 존재에 대한 의식이 제거된 존재, 객관적인 세계와 동일시되는 구르둘루라는 아질울포의 하인을 만들어 냈다. 구르둘루는 독자적인 심리를 소유할 수 없는 인물이다. 아질울포의 전형들은 어디서나 쉽게 만날 수 있는 반면, 구르둘루 같은 인물은 동화책에서나 만나 볼 수 있다.

하지만 육체가 없는 아질울포와 의식이 없는 구르둘루만으로는 이야기가 전개되지 않는다. 그들은 자신의 내부에 자리 잡은 존재와 비존재의 끊임없는 투쟁을 경험하는 다른 인물들이 전개해 나갈 테마를 표현할 뿐이다.

자신의 존재에 대해 아직 확신하지 못하는 사람들은 젊은이들이다. 그래서 이 소설의 진정한 주인공은 바로 젊은이들이라고 할 수 있다. 스탕달적인 용장 랭보는 다른 젊은이들처럼 행동을 통해서 자신의 존재를 증명하려고 한다. 랭보는 실천과 경험과 역사를 상징한다. 랭보와 대조되는 또 다른 젊은이 토리스먼드는 절대성을 상징한다. 그는 자기 자신이 아닌 다른 그 어떤 것, 자신이 존재하기 이전에 존재했던 것을 통해 자신의 존재를 증명하려 하기 때문이다.

젊은이들과 더불어 이야기에 꼭 필요한 존재는 여자들이다. 전쟁과 대립을 상징하는 브라다만테, 평화와 어머니의 배 속에 대한 향수를 불러일으키는 소프로니아가 이 소설에 등장하는 여자들이다. 브라다만테는 자신과는 다른 존재, 즉 존재하지 않는 기사를 사랑하고 랭보는 그런 그녀를 사랑한다. 토리스먼드는 어머니라고 믿었던 소프로니아를 사랑한다.

칼비노는 이뿐만 아니라 신비로운 경험을 하고 사물 속에서 무형화되는 존재들, 불교를 믿는 사무라이 같은 인물들을 창조해 내고 싶었다고 밝힌다. 성배 기사단이 바로 그들이다. 그리고 이 소설에서 유일하게 정치적 알레고리로 등장하는 사람들이 있다. 성배 기사단의 폭정에 시달리는 쿠르발디아의 주민들이다. 세상에 존재하는 방법조차 모르고 역사에서 소외되었던 그들은 자유를 위한 투쟁을 통해 존재에 대한 의식을 획득해 간다.

이 소설의 골격을 이루는 것은 자신이 구해 준 소프로니아의 처녀성을 추적하는 아질울포의 모험이다. 귀족 처녀 소프로니아를 위험에서 구해 준 대가로 기사 작위를 받기 전까지 아질울포는 그저 떠돌아다니는 빈 갑옷에 불과했다. 그러니까 아질울포의 존재 근거는 바로 소프로니아의 처녀성이었다. 그런데 갑자기 토리스먼드가 등장해 황제와 수많은 용장들 앞에서, 아질울포에게 구출되기 전 소프로니아는 이미 자신을 낳았다는 사실을 밝힌다. 아질울포는 분명한 증거를 대기 위해 소프로니아를 찾아 떠난다. 소프로니아를 찾는 아질울포, 아질울포 뒤를 따라 달리는 브라다만테, 브라다만테의 뒤를 쫓는 랭보. 토리스먼드도 어린 시절 헤어진 소프로니아가 암시한 대로 성배 기사단이 자신의 아버지일 것이라고 믿고 성배 기사단을 찾아 헤맨다. 주인공들의 쫓고 쫓기는 이런 추적은 과연 어떻게 끝날까? 그 결과는 아무도 예측할 수 없을 정도로 놀랍기만 해서, 독자들은 마지막 순간까지 긴장을 풀지 못할 것이다.

칼비노는 테오도라라는 수녀를 통해 우리에게 이야기를 들려준다. 칼비노는 책을 읽는 즐거움은 독자들의 것만이 아니라고 말한다. 작가도 즐길 권리가 있다. 사실 테오도라 수녀를 화자로 내세움으로써 자신은 아주 편안하고 자연스럽게 움직일 수 있었다고 말한다. 작가는 수녀원에서 회개의 일환으로 글을 쓰는 테오도라 수녀를 통해 글쓰기의 어려움을 토로하기도 하고 글쓰기 과정을 그대로 보여 주기도 하면서 독자들도 그 과정을 함께 경험하게 만든다. 독자들은 테오도라 수녀와 함께, 어떤 이미지에서 출발해 글로 형상화되는 이야기에 빠져들 수 있다. 그러다가 갑자기 테오도라 수녀의 정체가 밝혀진다. 그녀가 여전사 브라다만테였다면, 지금까지 브라다만테-테오도라가 보여 준 아질울포에 대한 사랑은 바로 알레고리에 대한 사랑이라고도 할 수 있다. 그러나 결국 브라다만테는 아질울포와 구르둘루 사이에서, 즉 알레고리와 객관성 사이에서 완전한 균형을 이룬 랭보를 향해 달려간다. 미래를 향해 달려가는 브라다만테는 바로 주관적인 열정과 세상에 대한 객관적인 관심을 포용해 낼 수 있는 새로운 문학의 가능성을 향해 달려가는 칼비노 자신이기도 하다.

2010년 11월
이현경

작가 연보

1923년   10월 15일 쿠바의 산티아고데라스베가스에서 출생. 아버지 마리오 칼비노는 이탈리아 북부 산레모의 유서 깊은 가문 출신 농학자로 멕시코에서 이십 년을 보낸 뒤 쿠바에서 농학 연구소와 농업 학교를 맡아 운영. 어머니 에벨리나 마멜리는 사사리 출신으로 자연과학부를 졸업한 뒤 파비아 대학교에서 식물학 조교로 재직.

1925년   가족 모두 고향인 산레모로 돌아옴. 아버지가 화훼 연구소인 '오라치오 라이몬도'의 소장이 됨. 은행 도산으로 연구 자금을 잃은 뒤 활동을 계속하기 위해 자신의 저택 '라 메리디아나'의 정원을 사용. 이 연구 활동을 통해 수많은 화초를 산레모에 소개.

1927년   동생 플로리아노 출생. 플로리아노는 후에 집안의 과학적 전통을 따라 지질학자가 됨. 칼비노는 부모의 뜻대로 종교 교육을 전혀 받지 않고 자라남. 카시니 중고등학교 시절부터 시를 쓰고 예리한 필치로 풍자적인 그림과 자화상을 그리기 시작. 학창 시절 칼비노는 까다로운 편이었지만 친구들 사이에서 논쟁이 벌어질 때마다 재미있는 해석을 곁들이며 논쟁에 끼어듦.

1941년   토리노 대학교 농학부에 입학. 단편 몇 개를 쓰지만 출판되지는 않음. 발표되지 않은 단편 가운데 네 편(「가치에 대한 논의들」, 「행복한 사람」, 「자신을 믿지 않는 게 좋다」, 「노새를 탄 재판관」)은 칼비노 사후 1주기 때 고등학교 동창 에우제니오 스칼파리가 일간지 《라 레푸블리카》에 발표.

1943년   무솔리니가 이끄는 이탈리아 사회 공화국 군대에 징집되지 않으려고 동생과 함께 알프스로 피신. 그후 공산주의자 부대 '가리발디'의 제2공격대에 자원.(『거미집으로 가는 오솔길』, 『까마귀는 마지막에 온다』라는 유격대 소설에서 이때의 경험을 찾아볼 수 있음. 특히 「피와 똑같은 것」은 독일군에게 인질로 잡힌 어머니 이야기를 다룸.)

1945년   해방 후 《우리들의 투쟁》, 《민주주의의 목소리》, 《일 가리발디노》에서 저널리스트로 활동. 이탈리아 공산당에 가입해 산레모와 토리노에서 당원으로 활동. 9월 토리노 대학교 문학부에 재등록. 《폴리테크니코》, 《아레투사》, 《루니타》에 기고. 에이나우디 출판사 편집부에 근무하던 파베세, 비토리니, 펠리체 발보 등과 교제. 「지뢰밭」으로 '루니타' 상 수상.

1947년 조셉 콘래드에 관한 논문으로 졸업. 몬다도리 출판사의 공모에 참가하기 위해 썼던 『거미집으로 가는 오솔길(Il sentiero dei nidi di ragno)』 출간. '리치오네' 상 수상.

1948년 다음 해까지 에이나우디 출판사에 재직. 공산당 일간지 《루니타》의 편집자가 됨. 공산당원이자 저널리스트로 계속 활동.

1949년 『까마귀는 마지막에 온다(Ultimo viene il corvo)』 출간.

1951년 파베세의 책『미국 문학과 논문들』의 서문 집필. 아버지 사망. 어머니가 화훼 연구소의 책임을 맡아 1959년까지 운영.

1952년 비토리니가 첫 소설의 '리얼리즘적 — 사회 참여적 — 피카레스크적' 노선을 계속하기보다는 동화 작가의 영감을 따르라고 충고. 『반쪼가리 자작(Il visconte dimezzato)』 출간. 소련 여행. 바사니가 주관하는 잡지 《보테게 오스쿠레》에 「은빛 개미」 발표. 《루니타》에 「마르코발도」 연재 시작.

1954년 『참전(L'entrata in guerra)』 출간. 좌익 지식인들이 주관하는 《치타 아페르타》에 기고 시작.

1956년 이탈리아 각 지방에 전해 내려오는 이야기를 모아 『이탈리아 민담(Fiabe italiane)』 출간.

1957년 《치타 아페르타》에 「나무 위의 남작」 발표. 《보테게 오스쿠레》에 「건축 투기」 발표. 8월 공산당을 탈퇴하고 신좌익 사회주의자들과의 논쟁에 참여.

1957년   1950년 1월부터 1951년 7월에 걸쳐 써 놓았던 「포 강의 젊은이들」을 1957년 1월부터 1958년 3월에 걸쳐 《오피치나》에 연재.

1958년   「스모그 구름」 발표. 『단편들(I racconti)』 출판. 세르지오 리베로비치의 곡에 '독수리는 어디로 날아가는가'라는 제목의 가사를 붙임.

1959년   『존재하지 않는 기사(Il cavaliere inesistente)』 출간. 「다리 저편에」, 「세상의 주인」이라는 칸초네 작사. 루치아노 베리오의 음악을 위해 희극 「자 어서」 집필.

1959년   1967년까지 비토리니와 함께 《일 메나보 디 레테라투라》 발행. 이 잡지에 「객관성의 바다」(1959), 「미궁에의 도전」(1962), 「노동자의 안티테제」(1967) 발표.

1959년   1960년까지 미국과 소련 여행. 두 나라의 지리적, 역사적 중요성을 강조하면서 문화를 비교하는 글을 《루니타》에 기고. '우리의 선조들(I nostri antenati)' 3부작 출간.

1963년   세르지오 토파노의 그림을 넣어 『마르코발도 혹은 도시의 사계절(Marcovaldo; ovvero, le stagioni in città』 출간. 프랑스에서 체류. 『어느 선거 참관인의 하루(La giornata d'uno scrutatore)』 출간.

1964년   '키키타'라는 애칭으로 불리는 통역사이자 번역가인 에스터 싱어와 결혼하여 파리에 정착. 프랑스 아방가르드 예술가들과 교류하고 과학과 문학 사이의 가설에 관한 자신의 이론을 그들의 이론과 비교해

봄.《카페》에「우주 만화(Le cosmicomiche)」중 네 편 발표.

1965년 딸 아비가일 탄생.「우주 만화」와 함께「스모그 구름」,「은빛 개미」를 단행본으로 출간.

1967년 레이몽 크노의『푸른 꽃(Les fleurs blues)』번역 출간.

1968년 밀라노 출판 클럽에서『세상에 대한 기억과 우주 만화적인 다른 이야기들(La memoria del mondo e altre storie cosmicomiche)』출간.《누오바 코렌테》에 논문「조합 과정으로서의 소설에 대한 메모들」발표.

1969년 『교차된 운명의 성(Il castello dei destini incrociati)』출간.

1970년 『힘겨운 사랑(Gli amori difficili)』출간.「이탈로 칼비노가 들려주는 루도비코 아리오스토의 광란의 오를란도」집필. 그림 형제의『동화들』소개.

1971년 란차의『시칠리아의 무언극들』소개. 샤를르 푸리에의『네 가지 운동 이론』,『새로운 사랑의 세계』번역.

1972년 『보이지 않는 도시들(Le città invisibili)』출판.《카페》에「흡혈귀의 왕국」발표.

1973년 『교차된 운명의 성』재출간.(결론 부분을 수정하고「교차된 운명의 선술집」수록.)『보이지 않는 도시들』로 '펠트리넬리' 상 수상.

1974년 「게 왕자와 다른 이탈리아 민담들」발표. 영화감독 페데리코 펠리니를 위해『한 관객의 자서전(Autobiografia di uno spettatore)』집필. 잠바티스타 바실레를 위해 논문「메타포의 지도」집필.

1975년	일간지 《코리에레 델라 세라》에 「팔로마르」를 발표하기 시작. 「피에르 파올로 파솔리니에게 보내는 마지막 편지」를 같은 신문에 발표.
1976년	독일 '슈타트프라이스' 수상.
1978년	스피나출라가 편집하는 《푸블리코 1978》에 「1978년과 문학, 네 작가에게 보내는 다섯 가지 질문」 발표.
1979년	『만약 어느 겨울밤에 한 여행자가(Se una notte d'inverno un viaggiatore)』 출간. 여러 신문에 여행기 기고. 「나도 한때 스탈린주의자였나?」라는 글을 《라 레푸블리카》에 기고하기 시작.
1980년	가족과 함께 파리에서 로마로 이주. 칼비노는 이전부터 에이나우디 로마 지사의 자문 역할을 해 왔음.
1981년	어린이를 위한 『숲 — 뿌리 — 미궁』 집필. 프랑스의 레지옹 도뇌르 훈장 받음.
1982년	베리오와 함께 2막으로 된 「진실된 이야기」를 라 스칼라 좌에 올림.
1983년	『팔로마르(Palomar)』 출간. 「오디세이 속의 오디세우스들」, 「나일 강을 거슬러 올라가다」, 「신화, 동화, 알레고리」 발표.
1984년	가르찬티 출판사로 옮겨 『모래 선집(Collezione di sabbia)』 출간. 베리오와 함께 「이야기를 듣는 왕」을 잘츠부르크에서 공연. 피렌체에서 '현실의 차원들'이라는 주제로 열린 세미나에서 「문학과 다양한 차원의 현실들」 발표.
1985년	카스틸리오네 델 페스카이아에서 뇌일혈로 쓰러짐.

9월 6일 시에나의 산타마리아델라스칼라 병원에 입원. 같은 달 18일과 19일 사이에 사망.

1988년   미완성 유고 『미국 강의(La lezioni americane)』, 『민담에 대하여(Sulla fiaba)』 출간.

세계문학전집 **259**

존재하지 않는 기사

1판 1쇄 펴냄 1997년 11월 1일
2판 1쇄 펴냄 2010년 11월 26일
2판 13쇄 펴냄 2022년 11월 10일

지은이 이탈로 칼비노
옮긴이 이현경
발행인 박근섭, 박상준
펴낸곳 (주)민음사

출판등록 1966. 5. 19. (제 16-490호)
서울특별시 강남구 도산대로1길 62(신사동) 강남출판문화센터 5층 (우편번호 06027)
대표전화 02-515-2000 팩시밀리 02-515-2007
www.minumsa.com

한국어 판 © (주)민음사, 1997, 2010. Printed in Seoul, Korea

ISBN 978-89-374-6259-7 04800
ISBN 978-89-374-6000-5 (세트)

* 잘못 만들어진 책은 구입처에서 교환해 드립니다.

민음사 세계문학전집

세계문학전집 목록

세계문학전집은 계속 간행됩니다.